本书为2020年辽宁省教育厅人文社科基础研究项目
“辽宁省红山文化在儿童绘本中的视觉文化和表现研究”（项目编号：WJ202010）
阶段成果

儿童绘本的视觉与文化

吴翊楠　赵袁冰　著

中国文联出版社

图书在版编目（C I P）数据

儿童绘本的视觉与文化 / 吴翊楠，赵袁冰著. -- 北京：中国文联出版社，2022.2
ISBN 978-7-5190-4834-1

Ⅰ. ①儿… Ⅱ. ①吴… ②赵… Ⅲ. ①儿童故事—图画故事—文学研究 Ⅳ. ①I058

中国版本图书馆 CIP 数据核字（2022）第 028258 号

儿童绘本的视觉与文化
（ERTONG HUIBEN DE SHIJUE YU WENHUA）

作　　者：吴翊楠　赵袁冰

终 审 人：姚莲瑞　　复 审 人：蒋爱民
责任编辑：胡　笋　　责任校对：黎　明
封面设计：吴翊楠　　责任印制：陈　晨

出版发行：中国文联出版社
地　　址：北京市朝阳区农展馆南里 10 号，100125
电　　话：010-85923067（咨询）85923000（编务）85923020（邮购）
传　　真：010-85923000（总编室），010-85923020（发行部）
网　　址：http://www.clapnet.cn　　http://www.claplus.cn
E - mail：clap@clapnet.cn　　hus@clapnet.cn

印　　刷：天津雅泽印刷有限公司
装　　订：天津雅泽印刷有限公司
本书如有破损、缺页、装订错误，请与本社联系调换

开　　本：710×1000　　1/16
字　　数：206 千字　　印　张：15.5
版　　次：2022 年 2 月第 1 版　　印　次：2022 年 2 月第 1 次印刷
书　　号：ISBN 978-7-5190-4834-1
定　　价：79.00 元

献给暖暖，感谢那些我们一起读绘本的时光。

《人物》，赵紫乔，2018（3岁半时作品）

《人物》，赵紫乔，2018（3岁半时作品）

目 录

第一章

认识绘本

绘本是个很奇妙的综合体，除了无字绘本以外，大部分的绘本都使用很少的文字、大量的图片来讲述故事。绘本中的图像可能是绘画作品，可能是照片，也可能是使用综合材料进行创作而产生的图像。绘本中的图像是不同于文字的另一种叙述和表现方式，是绘本中另一种重要的媒介。文字在人类的历史长河中占据着重要的地位，但即便如此，我们依旧认为在生命的初始，图像是更适宜阅读的材料和内容。所以绘本的魅力便在此：一方面它综合了两种不同的媒介来共同传达信息；另一方面绘本的创作者是成人，而读者是儿童，可以说绘本是成人尝试与儿童进行沟通的一种媒介。在很多绘本中，我们可以看到成人努力用儿童能够了解的语言和图像来传达信息。但绘本的读者又不仅仅是儿童，还包括儿童的父母，并且父母往往在一定程度上决定了儿童的阅读选择，这是双方在绘本中的矛盾与融合。绘本的多样性让我们慢慢意识到：它远不是我们认为的那些给儿童看的不够高深的书籍。

我是出生在 20 世纪 80 年代的人，当我写这本书的时候我试着回忆我小时候的绘本。中国在改革开放之后进入了市场经济，自此中国和国外的交流开始变得频繁和多元。除了经济上的合作，文化上的交流也越来越多。出生在 80 年代的我们十分幸运地见证了这样一段历史。回想起来我儿时的读物远不像现在的童书这般丰富和精彩，并且也没有绘本这个概念。我依稀记得，小的时候能和父母去书店选一本童话书是很幸福的事，那时候的儿童读物大多是单色印刷，并且里面的图画并不多，一本四色印刷的读物可以说是完美的礼物了。那个时候的小学课本，封面一般是有彩色图像的，而内页是黑白的，整本书以文字叙述为主，偶尔会配有黑白插图来帮助孩子们理解教学内容。比如在英语课本中，我们所熟悉的“Li Lei”和“Han Meimei”就是由图像做辅助表现的，这让 80 后的学生印象极为深刻。当然这只是我的个人经验，并不能成为有说服力的证据。但是可以找到的相关资料显示，中国从 20 世纪 80 年代开始引进国外的一些儿童绘本，到现在有近 40 年的时间了。国外绘本在中国的影响可以说是巨大的，近几年来，中国图书市场中，儿童读物发展迅猛，其中儿童绘本在童书市场中占极大比重，但是这些绘本中近 50% 的作品都来自国外的引进版权。引进版图书的备受追捧反映了市场的需求和导向。现在 80 年代出生的这一代人已经为人父母，他们开始为自己的孩子选择图书，以我来说，我开始意识到现在的孩子居然有如此多的选择，绘本的发展如此迅猛，好多绘本中的奇思妙想和出色的故事内容让我惊叹。对比我童年时的阅读内容，这一代的孩子有太多可以选择的优秀绘本，并且父母们已经开始关注如何为孩子选择适合他们阅读的绘本，绘本在当代儿童的阅读内容中占有极为重要的地位。

第一节　绘本的定义

绘本在欧美出现较早，发展至今已经形成了完整的出版流程和理论批评体系。大量优秀的欧美绘本在改革开放后慢慢进入中国市场，并深受中国儿童和父母的喜爱。在考虑“绘本”的定义之前，需要先考虑比绘本更宽泛的一个概念——“插图书”。回顾欧美儿童读物的发展历程我们可以看到，从 16 世纪开始，人们意识到儿童应该有与成年人不同的阅读内容。之后有聪明的成年人发现：在这些儿童读物中加入一些图像可以帮助儿童更好地了解书中的内容。于是有插图的儿童书籍便出现在了人们的视野中。

所以“插图书”远比“绘本”出现得要早。这里就要考虑到插图书和绘本这两种概念之间的差别。

根据马丁·萨利博瑞（Martin Salisbury）和莫莱格·斯戴尔（Morag Styles）在2012年出版的著作《儿童绘本：视觉故事的艺术》（*Children' s Picturebooks: The Art of Visual Storying*）中的讨论，他们认为绘本是“通过其特有的连续性的图像（通常与少量文字结合）传达意义”。博德（Bird）和尤科塔（Yokota）2017年发表的一项研究认为，除非是特殊的无字绘本，否则绘本这种形式会通过文字和图片的结合而产生复合文本。“插图书”的定义则更为宽泛，在《牛津儿童文学百科全书》的“插图”一章中，贝蒂娜·库默林–梅鲍尔（Bettina Kümmerling-Meibauer）对“插图书”进行了如下定义：“相较于‘绘本’这种在叙述中使用平等的文字和图像关系的形式，‘儿童插图书’是更宽泛的概念，它泛指包含至少一幅插图的儿童读物，而这插图的表现形式可以是多种多样的，包括木刻、铜板等。”芭芭拉·贝德（Barbara Bader）通过研究20世纪美国儿童绘本的历史，为绘本的研究领域提供了广阔的视野。1976年，她发表了对绘本的定义：

> 一本绘本是结合了文字、插图以及综合设计的商业产品；是一部反映了社会、文化、历史的文献；其最重要的价值是它带给孩子们的体验。作为一种艺术形式，绘本起作用的方式依赖于图片和文字的相互呼应，依赖于每两个相对的页面，依赖于翻页中的戏剧性。就绘本来说，它有无限的可能。

20世纪80年代，学者们开始重视绘本的教育功能。很多学者认为绘本可以为儿童提供语言训练，并且，绘本作为一种艺术形式和教育工具也可以对儿童的视觉素养起到教育作用。特雷莎（Teresa）等学者2010年发表观点认为，通过对文字和图像之间相互作用的深入实验，绘本的艺术效果得到了极大的发展。许多重要学者如佩里·诺德曼（Perry Nodelman）和雷默尔（Reimer），在出版于1996年的著作中将绘本归入文学框架下进行讨论。1990年，诺德曼在他的专著《说说图画：儿童绘本的叙事艺术》（*Words about Pictures: The Narrative Art of Children' s Picture Books*）中对绘本给出了如下解释：

> 绘本是专为儿童而设计的书，它们通过一系列图画来传达信息或讲述故事，并结合了相对较少的文字或根本没有文字，这与任何其他形式的语言或视觉艺术都不同。

诺德曼进一步指出，绘本中的图像和文字常常是不对称的。也就是说，“文字告诉我们图片没有显示什么，而图片则显示了文字没有告诉我们什么”。玛丽亚·尼古拉耶娃（Maria Nikolajeva）和卡罗尔·斯科特（Carole Scott）在2010年的一项研究中，更加关注绘本中图像和文字的双重特征，她们认为“绘本作为一种独特的艺术形式，是基于视觉和语言两种交流模式而产生的综合体”。

第二节　绘本的历史研究框架

很多学者会把绘本放到历史的框架中研究，为绘本的出现和发展理清脉络，比较有代表性的著作是英国学者乔伊斯·威利（Joyce Whalley）和泰莎·切斯特（Tessa Chester）于1988年出版的《儿童图书插图的历史》（*A History of Children' s Book Illustration*）。这本书以英国本土童书的出版为主要研究对象，同时也涉及了欧洲大陆比较有代表性的作者和作品，作者通过大量的历史素材和档案，对英国和欧洲大陆的儿童图书中的插图发展历程进行了清晰的梳理。另外两部比较有代表性和开创性的著作是前文提到的芭芭拉·贝德于1976年出版的《美国绘本：从挪亚方舟到野兽男孩》（*American Picturebooks: From Noah' s Ark to the Beast Within*），以及威廉·费弗（William Feaver）于1977年出版的《当我们年轻时：两个世纪以来的儿童图书插图》（*When We Were Young: Two Centuries of Children' s Book Illustration*），这两本书以目录的形式展示了儿童绘本的发展脉络和形式，并且探讨了儿童绘本的主题和体裁的多样性。这些历史性研究为儿童绘本的理论研究提供了最初的线索和依据。

那么国外绘本是如何开始，又如何发展起来的呢？从《儿童图书插图的历史》这本书中提供的资料，我们可以总结出：为儿童创作图书这种特定的社会现象首次出现在欧洲的16世纪末，在此之前，欧洲大陆并没有专门为儿童创作的书籍。书是一种代表着阶级和特权的存在，所以早期的书籍插图大多是宗教性的也就不足为奇了。但是当时的童书还远没有发展成我们现在所看到的绘本。最早出现的带有图像的儿童书籍是安曼（Jost Amman）于1580年出版的《年轻人的艺术和教育》（*Kunst Und Lehrbuchlein*）。这本书中第一次出现了插图，但是主要目的是让儿童通过这些插图来学习素描和绘画，所以这本书并不能被当作第一本儿童绘本。整体看来，16世纪的儿童读物以《圣经》和宗教故事为主。在17世纪，儿童读物的一个重要的变化就是儿童绘本的出现。夸美纽斯（Johann Amos Comenius）是一位教师和教育家，他当时离开了家乡莫拉维亚（现捷克），并创作了一系列作品，其中最著名的就是现在被广泛认定为第一本儿童绘本的《世界图解》（*Orbis Sensualium Pictus*）。这本书出版于1658年，在1659年被翻译成英文。夸美纽斯意识到：孩子们通过图像去了解事物往往比单独阅读文字效果更好。所以他在这本拉丁文的教科书中加入了大量的图像，用图像来说明这些拉丁文的意思，这样孩子们就可以一边看图一边学习拉丁文。《世界图解》中介绍的内容十分广泛，有一些可能是孩子们比较熟悉的内容，有一些则可能是孩子们完全不了解的，但是图像提供了线索，为孩子们的学习提供了一种助力。这也是人们初次意识到儿童教育中图像说明的重要性。

整个 18 世纪的欧洲，儿童读物的创作还是围绕着宗教和道德教育展开的。根据儿童的兴趣而创作的作品微乎其微。1740 年托马斯·伯勒曼(Thomas Boreman ）出版了《伟大历史》（ *Gigantick Histories* ）。这部作品共 10 卷，但是伯勒曼也未能跳出时代的局限，他认为对儿童进行理性教育的重要性要远大于想象力和创造力教育。但是他也同时意识到，在枯燥的知识内容的讲解中，如果融入一些趣味性的内容会极大调动儿童的兴趣，教育的效果也会更好。所以他在这些小书里加入了很多木刻插图，并且封面使用了色彩亮丽的压纹纸，通过这种方法有意识地吸引儿童的注意力。这些有着漂亮封面和插图的儿童微型书在当时是一种极具创新性的实践，这种书籍形式被延续了下去。18 世纪末的约翰 · 玛莎（ John Marshall ）创作了《婴儿图书馆》（ *Infant' s Library* ），这套图书被认为是儿童图书出版中创新尝试的里程碑。整套微型书有 16 卷，每卷内有 32 页，高度不到 6 厘米。除两卷外，其余各卷均有插图。每本书都包含不同的主题，包括字母表、阅读和拼写、户外场景、家庭物品、动物、花卉、男孩游戏、女孩游戏和英国简史等。这套书配有一个带滑动式前面板的木质书盒，高 14 厘米，分为四个隔间，内衬粉红色的纸。《婴儿图书馆》一经出版就受到了广大读者的喜爱，并且出版商和图书创作者纷纷效仿这种新的图书形式。

18 世纪末是儿童书籍的一个新的开端，约翰 · 纽伯里（ John Newberry ）是一个十分有远见的书商，他没有继续采用微型书的尺寸，而是改用了一种更适合印刷同时也适合儿童阅读的书籍尺寸和开本。纽伯里并不是第一个为儿童制作图书的出版商，但是他却充分认识到市场的重要性。他出版的书籍为更多的儿童所阅读，也夯实了童书在图书出版中的地位。似乎从这个时候开始，人们认识到儿童需要有适合自己的书籍。纽伯里在 18 世纪末出版的这些童书为之后的童书出版事业奠定了基础，但是这一阶段的图书中很少会标注插画师的名字，有插画师署名的作品往往只出现在铜版画插图中，但是铜版印刷的成本十分高昂，所以只有上层阶级的父母会为自己的孩子选择这种印刷精致、制作优良的图书，而更为大众接受和使用的则是一些木版印刷、廉价粗糙的图书。

18 世纪末一位比较有代表性的插画家是托马斯·贝维克（Thomas Bewick），他以精美的木刻插画作品而闻名于世。（图 1–1）他的作品并不仅仅局限在儿童插图，其在儿童插图领域创作的出色作品比如《四足动物史》以及 1795 年的《罗宾汉》对当时童书出版起到了很大的影响。他证明了木版画这种形式并不是只能制作粗糙廉价的书籍，它同样可以表现出细腻、精致的插图内容。

图1–1　《黑鸟》，托马斯·贝维克，1797

在19世纪初，三个家族主导了英国的童书市场。其中两个是出版商——哈里斯出版公司（Harris）和达顿出版公司（Darton），另一个是拥有众多作家和艺术家的家族，通常被称为昂加的泰勒斯（Taylors of Ongar）。这一时期，童书在欧洲的书写状况和出版形式都发生了很大的变化，这主要受到社会政治和经济的影响。欧洲在经过了漫长的拿破仑战争之后，社会政治和经济慢慢复苏，卢梭在1762年发表了他的小说体教育著作《爱弥尔》，这引起了社会对于儿童教育以及童年的关注和反思。但是在整个19世纪的欧洲，宗教和道德教育仍然是儿童教育的一个重要因素。理性主义和知识的传达成为儿童读物中新的风格指导因素。为了容纳丰富的信息，书籍的开本必须变得更大，插图也更丰富。比如，这一时期哈里斯出版公司出版的书籍常规开本是18cm × 11cm。因为当时这种儿童书籍以信息的传递和教育为主要目的，所以其中的插图往往是描绘现实的场景和内容的，而木版画的形式已经不能满足对细节刻画的要求。因此哈里斯出版公司和达顿出版公司当时都使用了铜板印刷的方式来制作插图，但是铜版印刷的插图需要和书中的文字分开印刷，所以书的造价无疑也会提高。为了尽可能缩减成本，出版商将插图的尺寸适当缩小，然后在每页上使用2—3幅插图，这样印刷的书籍成本就降低了很多。这一时期的画家和制版师都是匿名的，所以我们往往很难得知这些精美的插图是哪位艺术家的作品。泰勒斯家族中的很多画家绘制过哈里斯出版公司和达顿出版公司当时出版的儿童作品的插图，但往往也是没有署名的。

尽管当时的社会重视道德和说教性书籍的制作，但是也出现了一些有趣的读物，丰富了儿童的阅读。比如哈里斯出版公司在1805年首次出版的《哈伯德老母亲和她的狗的喜剧冒险》（*The Comic Adventures of Old Mother Hubbard and Her Dog*）（图1–2）就是完全没有说教的儿童读物。这也开创了一种新的儿童读物的题材。另外，19世纪欧洲的童书中，又一个比较重要的转变在于对儿童和童年的描绘和视角发生了变化。在之前的书籍中，儿童的形象往往具有成人化的特征，比如穿着成人式样的衣服，和成人做出相同的动作行为等。而之后人们开始意识到儿童与成人的不同，童书中所描绘的儿童形象也从一个侧面体现出了这些变化。

6　OLD MOTHER HUBBARD

Old Mother Hubbard
Went to the Cupboard,
To give the poor Dog a bone.
When she came there,
The Cupboard was bare,
And so the poor Dog had none.

AND HER DOG.　7

She went to the Baker's
To buy him some bread;
When she came back
The Dog was dead!

图1–2　《哈伯德老母亲和她的狗的喜剧冒险》中的插图，莎拉 · 凯瑟琳 · 马丁，1805

儿童图书中的插图往往也是当时艺术发展和审美趋势的一种再现。比如在19世纪前半段经常会看到洛可可式的插图边框，之后插图形式又受到浪漫主义的影响而出现了很多具有浪漫主义色彩的场景描绘。另一方面，印刷技术的进步也提升了儿童图书中的插图品质。比如1798年阿罗斯·塞尼菲尔德（Alois Senefelder）发明了平版印刷术。平版印刷主要利用水油分离的原理，首先使用油脂基底的媒材将图像绘制在多孔的石板上，之后在石板上浸水，再将颜料刷在石板上，这时只有油脂基底的部分才会吸附到颜料，最后再将制作好的图版印刷在纸张上。这种方法也有一定的局限性，比如会出现油墨溢出这样的情况，所以并不适合描绘十分精致的线条，而比较适合水彩或者比较柔和的晕染表现。虽然平版印刷为插图的技法表现提供了新的可能，但是它在木版和铜版画长久统治的插图领域并没有太大的市场。之后，于19世纪初出现的钢版拓宽了之前铜版印刷的领域，因为铜版的硬度较软，经过长时间的使用后印版的清晰程度会受到影响，而钢版则没有这些问题，从而更适合长时间的保存和多次印刷。

英国画家乔治·克鲁克香克（George Cruikshank）（图1–3、图1–4）是这一时期十分具有代表性的插画作者。他比较著名的作品是为狄更斯的《博兹札记》《孤雏泪》绘制的插图。

19世纪中叶，欧洲开始出现彩色印刷的童书，并且玩具书的形式也得到了极大发展。这从技术和形态上进一步改变了童书的发展面貌。从这个阶段开始我们能在一些童书插图中看到画家的署名。比如很有影响力的里查德·道尔（Richard Dickie Doyle）（图1–5至图1–7），他为杂志*Punch*绘制了第一期的封面，并且他绘制的杂志刊头也延续使用了一个世纪。其比较有代表性的作品是于1851年为约翰·罗斯金（John Ruskin）的小说《金河王》（*King of the Golden River*）以及之后为童话故事《睡美人》创作的插图。这些作品都体现了作者深厚的绘画功底，并从一个侧面折射出当时印刷技术的提高。同样因为为*Punch*绘制插图而闻名的约翰·里奇（John

Leech）以及约翰·坦尼尔（John Tenniel）都是当时极具个人风格和代表性的插图画家。坦尼尔的插图代表作《爱丽丝梦游仙境》（图 1–8 至图 1–10），使用的是单色木版印刷，在这套书中的插图完美地诠释了小说的内容，为刘易斯·卡罗（Lewis Carroll）所描绘的奇幻世界赋予了视觉参照，坦尼尔通过精湛的绘画技艺把卡罗用文字描写的仙境呈现在了小读者面前。这次出色的合作也让我们慢慢看到绘本这种特定的文本和图像相互结合的雏形。德国心理学家海因里希·奥夫曼（Heinrich Hoffman）在 1845 年创作了一本有趣的童书《斯特鲁韦尔彼得》（*Der Struwwelpeter*）（图 1–11），这本书最开始是作为礼物为他自己的孩子创作的。书中的插图以戏谑夸张的方式告诉孩子如果有不好的行为会有什么严重的后果。其中的视觉语言和颜色使用十分具有超现实的游戏感，这本书也成为西方早期非常著名的一本儿童读物。

图1–3 《汤姆和杰瑞在皇家学院的画展上》，乔治·克鲁克香克，1823

An Interesting scene, on board an East-Indiaman,

图1–4　《一个有趣的场景，在东印第安人的船上》，乔治·克鲁克香克，1818

图1–5 《仙树》，里查德·道尔，1865

图1-6　《仙境彩排，音乐精灵教小鸟唱歌》，里查德·道尔，1869

图1–7 《码头下的树叶：秋夜的梦》，里查德·道尔，1878

图1–8 《爱丽丝梦游仙境》中的插图，约翰·坦尼尔，1865

图1–9 《爱丽丝梦游仙境》中的插图，约翰·坦尼尔，1865

图1–10 《爱丽丝梦游仙境》中的插图，约翰·坦尼尔，1865

Sieh einmal, hier steht er,
Pfui! der Struwwelpeter!
An den Händen beiden
Ließ er sich nicht schneiden
Seine Nägel fast ein Jahr;
Kämmen ließ er nicht sein Haar.
Pfui! ruft da ein Jeder:
Garst'ger Struwwelpeter!

Die Geschichte vom bösen Friederich.

图1–11　《斯特鲁韦尔彼得》，海因里希·奥夫曼，1845

在19世纪末享有世界声誉的插画家沃特尔·克兰（Walter Crane）、凯特·格林纳威（Kate Greenaway）和伦道夫·凯迪克（Randolf Caldecott），他们的作品直到现在都广为流传。沃特尔·克兰最初受拉斐尔前派绘画运动的影响，后来成为威廉·莫里斯（William Morris）的合作者和弟子，积极参与到工艺美术运动中，克兰也被认为是新艺术运动的先驱之一。学徒期结束后，克兰收到了许多插画的创作委托，之后他与出版商埃德蒙·埃文斯（Edmund Evans）合作，制作了几本很有影响力的儿童读物。克兰是那个时代最著名的儿童读物插图画家之一，他与伦道夫·凯迪克和凯特·格林纳威一起开创了维多利亚时代晚期儿童图书出版的黄金时代。尽管克兰是一位多才多艺的艺术家，在多个领域中从事艺术创作，但最出名的还是他的儿童读物插图，包括《青蛙王子》《美女与野兽》《睡美人》《小红帽》《穿靴子的猫》《杰克和豆茎》等我们耳熟能详的作品（图1-12至图1-17）。

凯特·格林纳威（图1-18至图1-20），于1846年出生在伦敦的霍克斯顿，许多人把凯特描述为一个“古怪”的孩子，与她的兄弟姐妹不同的是，她花了大量的时间运用自己的想象力来逃避童年的压力。凯特曾说道：“当我还是一个孩子的时候，我有一段非常快乐的时光，而且奇怪的是，在完全相同的环境下，我比我的兄弟姐妹幸福得多。我想象中的生活使我感到一种长久的、持续的快乐，使一切充满了一种怪异的神奇和美丽。”凯特第一次出版的画作发表在一本名叫《婴儿娱乐》（*Infant Amusements*）的书中。之后凯特开始了其作为插画师的职业生涯。1876年，一本很受欢迎的儿童杂志《小人物》开始陆续使用凯特的插图，很快美国儿童杂志《圣尼古拉斯》也在1877年邀请凯特为其创作。之后凯特通过父母的介绍认识了彩色印刷出版商——埃德蒙·埃文斯，在埃德蒙·埃文斯出版凯特的第一本书《窗下》后，凯特与埃文斯一家的关系越来越密切，凯特也因此认识了儿童插图领域中其他一些重要的艺术家：伦道夫·凯迪克和沃特尔·克兰。之后凯特在埃文斯的策划下出版了《凯特·格林纳威的儿童生日纪念册》，这本书十分成功，它的尺寸很适合孩子的小手。为了加快这本书中 382 幅图画的编辑和印刷，最终出版时只有 12 幅采用了彩色印刷，书中的诗句由受欢迎的儿童作家露西·塞尔－巴克夫人（Mrs. Lucy Sale-Barker）撰写。

图1–12　《瓦片》，沃特尔·克兰，1890

图1-13 《维纳斯之镜》，沃特尔·克兰，1890

图1–14　《精灵皇后》，沃特尔·克兰，1897

图1–15 《美女与野兽》中的插图，沃特尔·克兰，1901

图1–16　《龟兔赛跑》中的插图，沃特尔·克兰，1887

图1–17 《睡美人》中的插图，沃特尔·克兰，1882

图1–18 《从集市而来》，凯特·格林纳威，1885

图1-19 《波莉的、佩格的、波比的妈妈都很和善》，凯特·格林纳威，1878

图1–20　《哈梅林吹笛手》的扉页，凯特·格林纳威，1888

伦道夫·凯迪克，作品见图 1–21 至图 1–24，1846 年出生在英国，1861 年离开学校后，他的第一幅作品刊登在《伦敦新闻》（*London News*）上，之后凯迪克为圣诞节写了两本书：《杰克建造的房子》和《约翰·吉尔平的有趣历史》。这两本书于 1878 年圣诞节出版，凯迪克的第一本儿童读物便获得了巨大成功。在接下来的八年里，他继续每年完成两部作品，直到他去世。凯迪克会自己选择他所要描绘的故事和歌谣，有时还亲自撰写或改写文本。沃特尔·克兰、凯特·格林纳威和伦道夫·凯迪克的作品构成了 19 世纪后期儿童插图和儿童绘本领域的盛况。充满想象力的绘画和精致的彩色印刷为 20 世纪儿童绘本的进一步发展奠定了扎实的基础。19 世纪末在童书中对于视觉效果的关注也持续到 20 世纪前期的插图创作中。维多利亚时期的奢华和精致在童书插图中得到了极大的显现。19 世纪后期的童书中，文字和插图的编排版式以及整体的装订都形成了较高质量的面貌，并且在 20 世纪初出现的四色印刷也为之后的童书出版提供了技术上的支持。

图1-21 《盘子和勺子一起跑掉了》中的插图，伦道夫·凯迪克，1883

图1–22　《红桃皇后》的扉页，伦道夫·凯迪克，1881

图1-23 《这就是早晨啼叫的公鸡》中的插图，伦道夫·凯迪克，1878

图1-24　《三个快乐的猎人》的扉页，伦道夫·凯迪克，1880

亚瑟·拉克姆（Arthur Rackham），作品见图 1–25 至图 1–30，是 20 世纪初非常有代表性也非常成功的插画师。他成名较早，其插图作品以富有表现力的线条和对于魔幻题材的描绘而形成鲜明的个人风格。拉克姆最具代表性的作品是 1906 年为巴里（J.M. Barrie）绘制的《彼得·潘在肯辛顿花园》。在完成了这本具有纪念意义的作品之后，1907 年，拉克姆被邀请为另一部经典作品《爱丽丝梦游仙境》绘制插图。但是这本书因常被拿来与之前约翰·坦尼尔创作的版本进行对比而备受争议。尽管如此，拉克姆为刘易斯·卡罗的爱丽丝系列所创作的水彩画在很大程度上是成功的，它以另一种视觉面貌呈现了这部经典之作。拉克姆还是一位高产的插画师，他为很多脍炙人口的小说和童话故事绘制了插图，包括 1908 年的《仲夏夜之梦》，1909 年的《格列佛游记》《翁丁》，1912 年的《伊索寓言》，1913 年的《鹅妈妈》，1915 年的《圣诞颂歌》，1917 年的《亚瑟王的浪漫》，1919 年的《灰姑娘》，1920 年的《睡美人》，1921 年的《科玛斯》，1926 年的《暴风雨》和 1928 年的《睡谷传奇》等。

图1–25　《仲夏夜之梦》中的插图，亚瑟·拉克姆，1908

图1–26　《小克劳斯和大克劳斯》中的插图，亚瑟·拉克姆，1935

图1–27 《爱尔兰神话》中的插图，亚瑟·拉克姆，1920

图1-28 《爱丽丝梦游仙境》中的插图，亚瑟·拉克姆，1907

图1-29 《瑞普·范温克尔》中的插图，亚瑟·拉克姆，1905

图1–30　《柳树风声》，亚瑟·拉克姆，1940

另一个不得不提的名字是威廉·希思·罗宾逊（William Heath Robinson），作品见图 1–31 至图 1–34。作为一名极具天赋的艺术家，他的作品充满了奇思妙想。无论是他的幽默绘画，还是为吉卜林、莎士比亚或其他著名作者的作品所创作的插图，都是英国文化遗产的一部分。他的名字早在 1912 年就进入了英语语言系统，菲利普·普尔曼（Philip Pullman）在评论他时说："很少有艺术家的名字会形成语言的一部分，但《钱伯斯字典》（*Chamber's Dictionary*）里这样写着：希思·罗宾逊，形容一种过于巧妙的、可笑的或复杂的机械发明。"他的名字现在仍在日常生活中被用来指代他漫画作品中所描绘的特殊装置。1900 年，当他为爱伦·坡的诗歌作画时，他被誉为"现代文人墨客学派的忠实信徒"。在他 1902 年创作的《鲁宾叔叔历险记》中，他的幽默感首次突显出来。之后他

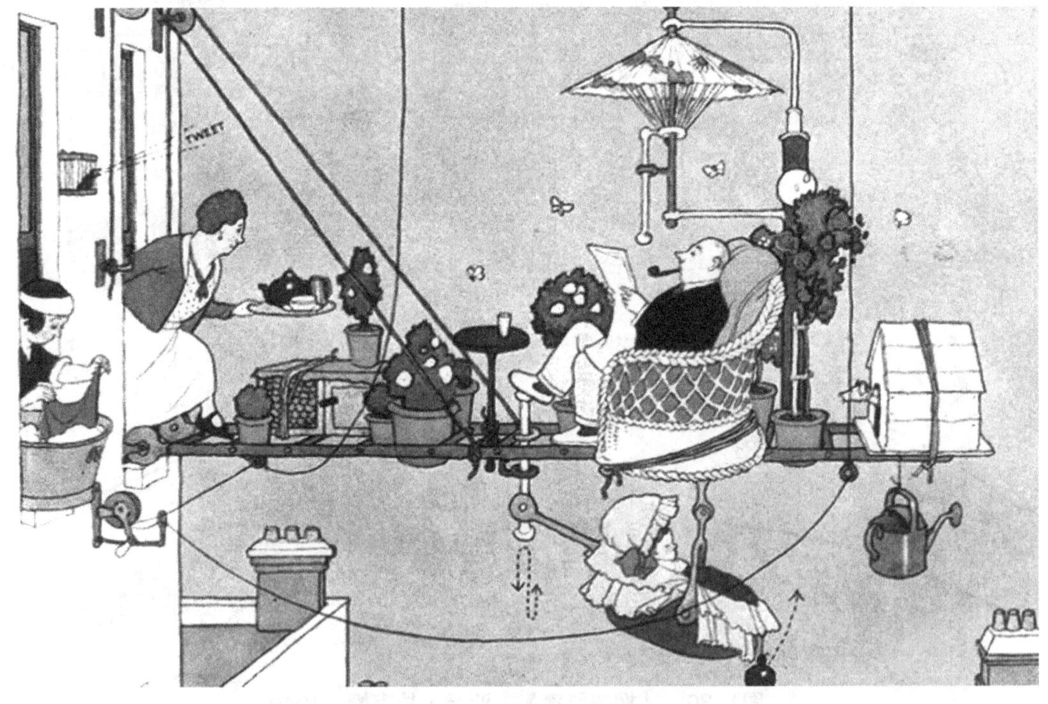

图1–31　《理想之家2号：折叠花园》，威廉·希思·罗宾逊，1933

熟练地运用彩色插图和黑白插图两种形式为许多经典小说创作了插图。同时，他也会自己编写故事，再配上充满幽默感和想象力的绘画。他的代表作是 1914 年创作的《仲夏夜之梦》插图，在这部作品中，他着手为读者提供“一个……梦幻中最美妙的月光之夜”。

图1–32　《仙子的生日》，威廉·希思·罗宾逊，1925

Famous artists' ideas of how **Mackintosh's Toffee de Luxe** *is made.*

Nº1. W. Heath Robinson.

(This is the first of a series of humorous cartoons by famous artists, who have been asked to "imagine" how and where Toffee de Luxe is made.)

A HALF HOUR IN TOFFEE TOWN

A TOFFEE SHAPER AT WORK

A COOLING FRAME FOR COOLING TOFFEE AFTER BOILING

IN THE BOILING DEPT.

PATENT MACHINERY WHICH COVERS THE TOFFEE DE LUXE WITH SUPERFINE CHOCOLATE

MACKINTOSH'S TOFFEE DE LUXE

TOFFEE COUNTER COUNTING TOFFEE BEFORE PACKING

W. HEATH ROBINSON

THE LATEST TOFFEE TESTING MACHINE TESTING THE SMILE VALUE OF TOFFEE DE LUXE

The wonderful and fantastic inventiveness of W. HEATH ROBINSON gives to his art a distinctive humour that needs no word of embellishment. But delightfully funny as his idea of Mackintosh's Toffee Factory is even to the uninitiated,—its humour is increased a hundredfold to those who know the real thing. We wish that every reader of this paper could visit Toffee Town—then they could contrast Mr. Robinson's quaint conception with the actual.

You would see his "Toffee Shaper" in the form of scores of machines cutting the Toffee into the familiar squares at the rate of thousands of pieces per minute.

You would see the "Cooling Frame"—(not so acrobatic, but more effective!)—as row on row of burnished steel slabs, on which lie *acres* of Toffee, cooled from beneath by spring water and from above by cold air.

You would see the "Boiling Department" where the pans each hold *five cwt.* of Toffee.

You would see Chocolate de Luxe travelling on an endless band—a veritable army of "chocolate soldiers," line on line, dozens abreast.

A "Toffee Counter" does not exist, for ***7,000,000 pieces are made in Toffee Town in a single day***, and therefore it would take 250 days (counting steadily at the rate of one piece per second for 8 hours per day) to "tot up" *one day's* output. So we just *weigh* the Toffee! And although we have no "smile testing machine" in Toffee Town, we can guarantee that there are miles of smiles packed into every tin.

MACKINTOSH'S TOFFEE DE LUXE

—the Quality Sweetmeat.

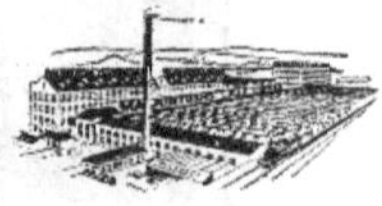

Made by JOHN MACKINTOSH & SONS, Ltd., at Toffee Town, HALIFAX—the largest Toffee Manufactory in the World.

Sold by Confectioners in every Town and Village in the Kingdom at 9d. per ¼-lb. Also obtainable in every country in the World.

图1-33 《在太妃糖镇待上半小时》，威廉·希思·罗宾逊，1921

图1–34　《维苏威高尔夫俱乐部为找回丢失的球而竖起的新环形山起重机》，威廉·希思·罗宾逊，1925

毕翠克丝·波特（Beatrix Potter），作品见图 1–35 至图 1–37，出生在 1866 年的英国肯辛顿，在很小的时候她就对绘画充满了热情，并且几乎全靠自学掌握了出色的绘画技能。波特很善于观察生活，她热爱大自然，并画了很多写生作品。与此同时，波特也会临摹和学习托马斯·贝维克和伦道夫·凯迪克的作品。早在波特创作出版自己的绘本之前，她就为她最喜欢的一些故事画了插图，包括《爱丽丝梦游仙境》和《灰姑娘》等故事。她富有想象力的绘画促成了她最早作品的出版——由希尔德斯海默和福克纳出版社出版的贺卡。波特最著名的作品《彼得兔的故事》直到现在都为全世界的儿童所喜爱，这个故事的雏形来自波特写给家庭教师安妮·摩尔的儿子——诺尔的一封信。诺尔因为生病长期卧床，波特在信中讲述了小兔子的故事来安慰他，这便是后来我们所熟悉的彼得兔。波特最初找到了几家出版公司希望可以出版《彼得兔的故事》，但是这几家出版商都拒绝了波特的出版计划，于是波特决定自己出版《彼得兔的故事》，并于 1901 年 12 月为家人和朋友印刷了最初的 250 本。这本书很快便受到了大家的喜爱并取得了成功，这也鼓励了弗雷德里克·沃恩公司（Frederick Warne&Co.），他们在重新考虑后决定，只要波特重新绘制彩色的插图，他们就愿意出版这本书。1902 年 10 月，《彼得兔的故事》重新出版后立即成为畅销书。第二年，波特又与弗雷德里克·沃恩公司一起出版了《格洛斯特的裁缝》，她的其余传奇故事也随之出版。

图1-35 《格洛斯特的裁缝》，毕翠克丝·波特，1903

图1-36 《松鼠纳特金的故事》，毕翠克丝·波特，1903

图1–37　《彼得兔的故事》中的插图，毕翠克丝·波特，1901

波特的成功也从侧面反映出在19世纪初期，女性艺术家在插图和儿童绘本领域中的出色表现。比如杰西·威尔科克斯·史密斯（Jessie Willcox Smith）和梅贝尔·露西·艾特韦尔（Mabel Lucie Attwel）的儿童作品，以及希尔达·科瓦姆（Hilda Cowham）发表在杂志中的插图，都在当时受到了人们的欢迎。另一位比较有影响力的女性插画师是霍诺尔·C. 阿普尔顿（Honor C. Appleton）。她在南肯辛顿学校、弗兰克·卡尔德隆动物画学院和皇家学院都进行过学习，并掌握了出色的绘画技巧。经过学院中深入和专注的早期学习，阿普尔顿发展出一种独特而精致的水彩画风格。在皇家学院的第一年结束时，1902年，她出版了她的第一本插图书——《坏金杰夫人》（*Bad Mrs Ginger*）。在作品中可以看出，她受到亚瑟·拉克姆、威廉希思·罗宾逊、凯特·格林纳威和杰西·威尔科克斯·史密斯等插画家的影响。阿普尔顿在职业生涯中画了一百五十多本书，她早期最著名的作品是"约瑟芬"系列（关于"娃娃家族"及其功绩的书籍）。这些都是美丽而富有孩子气的作品，由克莱道克夫人（H. C. Cradock）创作文本。阿普尔顿在插画界的第一次"重大突破"来自1910年她为威廉·布莱克（William Blake）的《纯真与经验之歌》（*Songs of Innocence and of Experience*）所作的插图，这也巩固了她作为一流插图画家的地位。

出版于1905年的美国绘本《挪亚方舟的故事》（*The Story of Noah' s Ark*）（图1–38至图1–42）是由埃尔默·博伊德·史密斯（Elmer Boyd Smith）创作的，他出生于圣约翰，在波士顿长大。在法国学习生活期间，史密斯受到了很多优秀画家和设计师的影响。从法国壁画家皮埃尔·普维斯·德·查万内斯（Pierre Puvis de Chavannes）安静、神秘的史诗般的视觉效果，到海报艺术家亨利·德·图卢兹·劳特雷克（Henri de Toulouse Lautrec）的速写手稿，在这些优秀作品和艺术家的鼓舞下，史密斯于1896年创作了他人生中的第一部作品——《我的村庄》，在这之后，他共创作了七十多部作品，成为十分具有时代特征的插画师。像他那一代的许多艺术家一样，史密斯敏锐地意识到这是一个技术和社会发生巨大变化的时代，他致力于记录日常生活的各个方面。在《挪亚方舟的故事》之后他又创作了《波卡洪塔斯的故事》和《约翰·史密斯船长的故事》，他勤奋而出色的创作使他与霍华德·派尔（Howard Pyle）和杰西·威尔科克斯·史密斯一起成为美国年轻一代的主要插画家。他的成功不仅因为他高超的插画技巧，更要归功于他平和而又循循善诱的叙事方式，以及善于用新鲜、令人愉快的方式传达知识的能力。

图1–38　《挪亚方舟的故事》，埃尔默·博伊德·史密斯，1905

图1-39　《挪亚方舟的故事》，埃尔默·博伊德·史密斯，1905

图1–40 《挪亚方舟的故事》，埃尔默·博伊德·史密斯，1905

图1–41 《挪亚方舟的故事》，埃尔默·博伊德·史密斯，1905

图1-42　《挪亚方舟的故事》，埃尔默·博伊德·史密斯，1905

20世纪初，受第一次世界大战的影响，儿童图书的内容和形式也发生了显著变化，比如礼物书（gift-books）慢慢销声匿迹。受之前新艺术运动以及艺术与手工艺运动的影响，精致而具有装饰性的元素依旧可以在童书插图中看到，虽然精致而奢华的维多利亚式插图风格延续到了战后，但是其黄金时代还是走到了尾声。19世纪末到20世纪初是现代儿童绘本的真正开端，绘本这种形式越来越以成熟而完整的面貌呈现在小读者和他们的父母面前。在欧洲绘本漫长的发展过程中，从插图书的领域中慢慢分化出了儿童绘本这种形态，并涌现了大量优秀的作品、作家以及插画师。20世纪初期以埃尔默·博伊德·史密斯为代表的新一代插画师也促进了绘本在美国的繁荣。在日本的童书创作领域中，现代儿童绘本的出现也大约开始于19世纪末，在日本发行的第一批现代绘本之一是《智慧绘环》（*Eiri Chienowa*），该书于1870年出版。这项开创性的工作导致了旨在吸引儿童的插图的出现，进而形成今天日本的儿童绘本。中国的绘本在清代末期和民国初年出现雏形，比如张乐平的《三毛流浪记》《三毛从军记》《东郭先生》、丰子恺的儿童漫画等，这些作品以连环画的形式呈现在大众面前，并且为中国现代绘本的出现和发展奠定了基础。1949年之后，相当长一段时间我们能看到大量优秀的连环画出现在儿童、青少年和成人的阅读范畴中。在改革开放之后，中国当代儿童绘本开始走入大众视野。21世纪的当下，中国父母对于教育的关注和重视、中国经济和文化的蓬勃发展在儿童绘本的出版和创作领域中得到了淋漓尽致的体现。尽管我们一直在探讨中国原创绘本的不足和未来的发展，但是相对于我们绘本出现的历史进程来看，我们在儿童绘本领域的发展才刚刚开始。一方面我们需要梳理中国儿童绘本的出现和发展的历史脉络，另一方面也需要在儿童绘本创作方面提供理论批评，并且我们需要更多的人力和物力投入到对原创绘本的出版以及作者的教育的支持上来。

第三节　绘本中的图像

儿童绘本是一种奇妙而美好的媒介，当我们拿起一本漂亮的绘本的时候，它的触感、封面和内页中漂亮的图画都给父母和孩子带来美妙的观感。这些漂亮的图画在带来视觉享受的同时，还在讲述一个或多个故事。儿童绘本是一个综合载体，它往往通过两种媒介的结合来讲述故事。这两种媒介一种为文字的叙述，一种为图像的叙述。在绘本讲故事的过程中，这两种媒介起作用的方式并不相同。

绘本中的文字往往字数并不多，尤其在为年幼的儿童创作的绘本中，由于年幼的孩子往往不具备阅读文字的能力，所以文字通常起到为父母提供讲述依据的作用。另外在绘本中，文字还可以将图片中不能表达的内容清晰地传递出来。图像在绘本中占据着主要的篇幅，与我们在美术馆里看到的单幅绘画作品不同，绘本中的图像往往要尝试讲述一个故事，图像中人物、环境、颜色、构图、动作等这些基本要素的结合使图与图之间产生叙事关系。所以图像的叙事性和连续性是绘本中图像的主要特点。

我们生活在一个充满图像的世界。睁开眼睛我们就会看到以不同媒介和传播方式呈现在我们眼前的图像。电视中的动态影像、食品袋上的彩色图案、书籍和报刊上的照片和插图、建筑物上的涂鸦和广告，还有美术馆里的艺术作品……这是一个五彩斑斓无时不在的图像世界，图像或大声地证明着自己的存在，或以一种静默的方式潜移默化地陪在我们身边。当我们追问图像到底是什么的时候，发现它范围广泛又无处不在。艺术史中最早记载的图像来自远古人类在岩洞上的壁画，这些图像通过对自然动物的描绘，传达远古人类渴望与自然以及未知的神秘力量交流的愿望。同时这些图像也承载了记录和传承的功能。生活在当代社会的我们通过这些图像揣测远古人类的生活和他们的想法，那么几千年以后的人们或者也会在某一片遗址中挖掘 21 世纪人类生活的痕迹。他们或者会看到建筑废墟上的涂鸦，或者会发现一些服装上的图案。除了文字的记载，图像将提供另一种历史观看的方式来证明曾经的文化和生活。

那么哪些内容可以算作图像？吉普森（Gibson）认为：没有人知道图像到底是什么。如果跳出艺术史的范畴，从图像本身来说，任何种类形式的图形都可以被认为是图像，一张照片、一些随意的线条、五彩斑斓的颜色堆叠，甚至图表和表格都可以被看作图像。从某种意义上来说，图像是作用于人的视觉并会引起一定回应的内容。从图像的产生来看，图像可以是随机产生的，比如墨水滴在衣服上的斑点；也可以是经过精心设计和制作产生的，比如一张摄影照片、一幅油画等。维克多·帕帕奈克（Victor Papanek）在《为真实的世界设计》的开篇提出了“人人都是设计师”的观点。这个观点很有鼓动性也很有说服力，但是盖伊·朱利耶（Guy Julier）在他的《设计的文化》中指出，这种观点忽视了设计背后的智慧劳动和投入。那么同样，作为视觉存在物的图像应该根据图像背后是否包含智慧劳动而分为偶然性的图像和制作性（设计性、创造性、主动性）的图像。在艺术创作和设计中，由于人类精神智慧的投入而产生了这些制作性的图像。这些制作性的图像被用来传达信息和情感，承担起记录、表意和叙事的功能。

在中国的历史中，图像是我们最初进行交流和记录的方式。中国的象形文字便是最好的例证，人们在记录和占卜的过程中用具象的图形来传达意思。比如“日”这个字代表太阳，而它的甲骨文形象便是 ⊙ 。与逻辑性思维不同，中国人的文字起源于形象思维，或者说是来自我们对世界万物具象的感知。中国古代的叙事性绘画是另外一个很好的例证，它们最早出现在马家窑文化的舞蹈纹人物彩陶盆上。由此可见，图像是在有系统的文字产生之前便用于记录和表意的工具，这是图像最初的功能。

文字和图像在传达内容的方式上到底有何不同？很多语言学家认为：图像不能算作一种语言。这种观点的根本原因在于，首先图像不具备文字所具有的基本单位，比如英文的字母、中文的偏旁笔画等基础元素；其次图像在传达信息时没有基本的语法结构。当我们使用文字进行叙述的时候，我们需要遵循一定的语义结构和语法：将主语、谓语、宾语等内容需按照约定俗成的顺序进行合理的组织，只有语法结构清晰的文字才能准确传达信息。而语法结构的规则是基于文化传统的。不同的语言会有不同的语法结构。比如英语和汉语的语法结构就并不相同。当人们掌握了这些语法结构，就可以轻松地撰写和阅读各种主题内容和故事。语言由于其语法结构而成为人类理解意义的基础。哲学家苏珊·桑塔格（Susan Sontag）写道："只有叙述才能使我们理解。"语言哲学家诺姆·乔姆斯基（Noam Chomsky）写道："一种语言由其字母（即构成其句子的有限符号）及其语法定义构成。"

那图像是否可以提炼出类似于字母和笔画的基础元素呢？法国符号学家费尔南德·圣马丁（Fernande Saint-Martin）试图在她《视觉语言符号学》一书中为图像创建一套字母。对于圣马丁来说，颜色是基本的视觉元素。颜色作为光的一种形式，为可见的世界赋予了形状和实质。她以颜色为依据，将图像的基本视觉元素定义为"色母"（coloreme）。色母是指图像中可聚焦在视网膜中央区域内的最小元素。一个色母可以由图片的实际颜色、纹理、大小、边界、方向或视点位置组成。一旦确定了图像的这些物理属性，便可以通过连续观察来发现意义。1987 年，欧文·彼得曼（Irving Biederman）发表了他的视觉感知理论，其中概述了物体的字母。彼得曼认识到每个物体都是由原始形状或零件组成的。他称这些基本成分为"Geons"，是几何离子的缩写。

圣马丁和彼得曼的理论都希望并试图为图像建构一个基本的元素体

系，或者说是用于进行逻辑解读的基础词汇。但是“色母”和“几何离子”都太抽象了。图像可能永远不会有字母。然而，大脑的确会对图像的基本视觉元素（颜色、形状、深度和运动）做出反应。尽管这些元素可能不具有字母的简单符号含义，但是从颜色、形状等构成图像的基础元素来看，图像会通过不同形式的组合来表达不同的语境。另一方面从内容来看，图像可以表现人物形象、叙述故事，并且具有时间性和空间性。从功能来说，图像中内容和形式的组合又可以引发观众心理的反应、情感的波动，从而完成信息的传达。图像的内容会根据创作者的意图不同而发生变化，并且不同的人在观看同一幅图像的时候所能感知到的内容也不尽相同。

语言学家不将图像视为语言的另一个主要原因是，没有公认的语法结构或顺序可以查看图像中的元素。诺姆·乔姆斯基写道，语言包含表面和深层结构。表层结构是指语法规则，而深层结构是指句子中每个单词的含义。如果句子遵循特定的规则并且单词能够被理解，那么这个句子就具有适当的语法结构。语法的主要规则是单词按其正确顺序排列。图像并没有文字的这种组织顺序，图像的呈现是一次性全部呈现在我们面前的，因此对于图像的解读方式和解读顺序是多种多样的。视觉传达专家索尔·沃思（Sor Worth）提出“图像不是语言意义上的语言。图像没有正式的语法规则，但是它们确实有形式、结构、惯例和规则”。我们在观看一幅画的时候并不会像阅读文章一样遵循从左到右、从上到下的顺序。一幅图像只是一个平面，里面包含着颜色、线条、图形和形象。事实上每个人在阅读一幅图像时都会有自己的阅读顺序和解读方式，并且每个人对于图像内容的理解、所产生的情感反应也都不同，这往往是基于自身的文化经验和图像阅读经验而形成的。在教育和社会生活中，我们往往十分注重儿童文字阅读能力的提高，我们会有很多的课程，花费很多的时间培养儿童识字、造句等文字能力，但是我们却忽视了儿童图像阅读的教育，或者说视觉文化的教育和培养。

第四节 儿童对图像的理解

年幼的儿童在还不认字的情况下，并不能看出图画和文字的差别。这一点并不难理解，首先文字和图画都使用同样的工具，其次书写和绘画的运动方式也相同，都依靠手腕的运动完成，所以孩子完全有理由把二者当作同一种事物或行为来理解。文字对于不识字的孩子们来说也是一种图像的呈现方式。

在 2001 年的一项研究中，托马斯（Thomas）等研究者进行了一次关于儿童对于图像认知的实验，他们提供给孩子们一些物品，然后让这些孩子指出哪些属于图像。实验结果显示：3—4 岁的孩子认为“物品”这种类别（比如一些糖果或者一袋薯片这种物品）不属于图像，他们也不认为动物雕塑或者模型算作图像。但是同时，他们认为属于图像范畴的内容也十分广泛：比如拍摄了某个物品的彩色照片、一些随意的涂鸦、抽象的无规则的图形、复杂的几何图形等。6—8 岁的儿童与 3—4 岁的儿童几乎做出了同样的判断，不同的是一些 6—8 岁的孩子会对几何图案产生困惑，或者根本不认为它们是图像。在 9—10 岁的儿童中，有一个明显的变化出现：在考虑绘画的时候，他们几乎所有人都将写实性的图像确认为图像的一种，但是几乎无人认为抽象的图像、几何图案以及混乱的涂鸦是图像的一种。之后学者们又进行了第二阶段的实验，研究人员发现，3—4 岁的儿童认为手写的文字和数字以及单色卡片也都属于图像，而大一些的孩子们则并不认同。同时，这些年纪较小的孩子对于图像的认知似乎局限在二维平面上，他们并不认为一个印在罐子上或者马克杯上的图是图像。通过这一系列研究，我们可以看出，孩子们在年纪较小的时候对图像的认定似乎是比较宽松的，但是当9—10岁大的时候，他们对图像的认知和接受似乎变得僵化了，只有写实的图像才被他们认定为图像，写实程度的高低，或者说对现实事物的再现程度是他们评价图像的一个重要标准。同样的研究结果也被加德纳（Gardner）、维纳（Winner）和柯切尔（Kircher）在1975年的研究中以及弗里曼（Freeman）和帕森斯（Parsons）在1987年的研究中提出过。

儿童天生就具备认知图像的能力吗？图像对于儿童来说和真实世界之间的关系是怎样的？婴儿对于图像的认知是从何开始的？曾有学者认为：在我们出生的开端，我们的视觉世界是模糊不清的，很多婴儿是在出生的头几天慢慢睁开眼睛的，而很多婴儿在出生的第一个月内似乎都在睡眠阶段，很少有睁开眼睛观察的时候。但是我们现在可以通过亚当斯（Adams）等人在1990年的一项研究知道婴儿的视觉世界并不是模糊不清的，尽管他们的视觉发育还远没有达到成人的程度，但是他们已经可以感知到人脸和其他的一些物体。在婴儿刚刚出生9分钟的时候，他们就喜欢观看一张运动的人脸多过于观看一张头部的图像，在出生几个小时之后，婴儿就会发展为喜欢看他们母亲的脸而多过于看陌生人的脸，并且即使母亲的面庞是通过电脑屏幕等数字方式展现出来，他们也会表现出同样喜欢的表征。1998年，沃尔顿（Walton）等人的研究显示，婴儿对于人脸的识别速度是十分快的，新生儿大概需要十分之八秒来学会辨认一个面孔。

我们通过这些研究可以得出结论：婴儿可以很快获得观看和识别人脸的能力。那么婴儿区分现实事物和图片的能力是从何时开始形成的呢？我们是否一出生就知道哪些是图像，哪些是真实事物？有学者在相关领域做了尝试，并得出结论：婴儿是有能力来辨别图像和现实事物的。芬茨（Fantz）发现1—6个月的婴儿在观看球体的时候会比观看二维圆形花费更多的时间。格里菲斯（Griffiths）在1978年的研究中发现12周的婴儿可以区分哪个是真实的正方体，哪个是立方体的图片。1984年，斯莱特（Slatter）等学者在进一步的研究中得出结论：即便是更小的婴儿（出生5个小时到9

天的婴儿），在向他们分别展示图像和真实物品的时候，他们平均会多花费 69% 的时间观察真实的物体。所以即便是这些非常小的婴儿也是可以发现真实物品和图像之间的区别的。这些研究为我们提供了依据，我们不是从出生开始就习惯观看图像的，或者如巴特沃斯（Butterworth）在 1989 年所说的那样："婴儿的认知能力并不是初始就适应复杂的图像。"但是当 5 个月大的时候，婴儿们面对一个真实的他们所熟悉的面孔和这张面孔的照片时，反应是相同的。

儿童图像感知能力的发展是图像得以叙述故事的基础。事实上，在当代社会，尤其是经济较为发达的地区，孩子们从出生开始就会接触到图像，比如在图书中、电视屏幕里、产品包装上……父母们认为美丽的图像可以为孩子带来快乐，并且图像在一定程度上可以起到教育作用。绚丽鲜艳的颜色、夸张或可爱的形象似乎可以抓住孩子们的视线，进而引起他们的关注，让他们集中注意力去了解图像中讲述的故事或者描述的物品。我们并没有多少证据可以证明图像比文字的教育效果更好，事实上有研究证明，图像会干扰到孩子们的阅读，削弱文本传达信息的效果。心理学家塞缪尔斯（S. J. Samuels）说："当图画和文字同时呈现的时候，图画的刺激很容易让孩子分心，干扰他们的阅读反应。"但是这并不能妨碍父母们将绘本拿给孩子。这些绘本中的图画漂亮、有趣，当我们的孩子用稚嫩的小手翻着一张张图画，或者当我们抱着孩子给他们讲故事的时候，孩子和父母都会有十分愉快的感受。那么，是什么带来了这种体验，从而让父母和孩子都爱上绘本阅读？

贡布里希在他的文章《视觉图像》中提到"视觉图像拥有最高的激发能力"。相比于文字的描述，图像的表述似乎更直观和丰富。当然很多文学家和教育学家并不这样认为。因为即便没有图像的辅助，文字也可以很好地传递信息和讲述故事。从绘本的历史来看，图像一开始是处于辅助地位的，它往往被用来解释或者说明文字中没有涵盖的内容。前文提到的捷克著名教育家夸美纽斯于1658年出版《世界图解》中介绍了很多自然和社会的内容，这本书中的插图就主要起到解释说明的作用。那么粗略看来，从绘本的源起开始，插图的主要功能之一就是提供图像解释，功能之二是通过图像来唤起观者的视觉关注。但是插图的作用仅此而已吗？这其中的图像是否还有更多的意义或者会起到更多的作用？

就目前为止，我们对于儿童如何解读图像，如何从图像中获得意义的研究仍旧十分匮乏。对于一些学者和理论家来说，观者和作者需要具有同样的文化背景，同样了解作品中使用的材料、技巧以及形式语言，在这个基础上观者才可能进一步理解作者的意图，或者明白作品的意义所在。文化背景的不同会让观者产生不同的理解和释义。我们通过学习来了解文字和语言，如果放到符号学的框架中来看，它们是一套符号体系。如果没有学习的过程，我们不可能了解这些文字代表的意思是什么。罗兰·巴特（Roland Barthes）通过一系列研究将索绪尔关于“符号学是语言学的一个分支”的结论推导为：语言学属于符号学的一个部分。从而强调语言的符号功能。符号是我们人与人之间的一种约定，我们通过教育和学习来了解这些约定。如果你对一个没有学习过英文的人说“Book”这个单词，他脑子中不会产生“书”的意念，而熟悉这一语言的人会自然地在他的脑子中闪现“书”这个概念。这些符号贯穿了人类历史，从早期的玛雅文化的图腾到现在我们往往摸不到头脑的网络用语，这些内容都属于符号的范畴，而这些符号可以在共享同一文化背景的人群中传递信息。

不可否认，符号是通过学习才能掌握的，现在中国城市中的儿童大约在五六岁的时候就开始学认字了，他们知道“太阳”是指代天上那个发光、发热、圆形的存在。那么视觉图像的理解是一个学习的过程吗？我们往往会忽视学习阅读图像的重要性。从某种程度上来说，很多人都不认为阅读图像是需要学习才能掌握的能力，或者说很多人并不认为图像是可被阅读的。但是如果我们细细观察孩子们看图的过程就会发现，他们也在通过阅读经验的积累而掌握读图的正确方式。父母们可能都会有这样的经验，当你第一次给三四个月大的孩子一本布袋书或者纸板书的时候，他们会试着放在嘴里咬一咬、尝一尝味道，这个时期的孩子往往通过嘴的触觉去感知周边事物，他们并没有书的概念，不知道这和他们经常放在嘴里的食物有什么区别。他们或者会被书中鲜艳的颜色吸引然后在手里摆弄一下，但是他们并不能意识到这里的书是有封面和封底的，还需要翻页，并按照顺序去阅读，他们完全没有这个概念。书里面还有很多由不同的颜色、线条和形状组成的图像，每一张都不一样，还有很多小小的奇奇怪怪的形状（文字），这些奇怪的形状似乎和大面积的绘画不相同，大人们会拿着这本书看着那些小小的奇怪符号来和孩子们说话。我们成人视为理所当然的阅读方式、阅读顺序，甚至包括从右到左翻页的行为，都不是天生就具备的能力，对孩子们来说，“书”，或者说阅读图书是一次全新的冒险和尝试。

第二章

儿童的心理与认知

“艺术是心灵之事，所以任何一项科学性的艺术研究必然属于心理学范畴。它可能涉及其他领域，但是，属于心理学范畴则永远不会更改。”

——马克思 · J. 弗里德伦德尔（Max J. Friendlander）《论艺术和鉴赏》（*Von Kunst und Kennerschaft*）

1964 年，皮亚杰在探讨儿童的发育和学习的关系时提到，儿童的发育和学习是两个不同的体系，首先儿童的发育和发展是内在胚胎不断全面成长的过程，这胚胎性的发育涉及儿童的神经系统和心智系统的发育。而学习则是与之不同的过程，学习是一个被触发的过程，这个触发机制可能是由父母或者老师开启的，并且学习是一个有限的过程，其有限体现在这个学习过程是基于某一个问题或者某一个单独的结构来说的。他认为儿童内在的发育和发展解释了学习的过程，而不是我们通常认为的发展是学习的结果。这是皮亚杰认为的内在发生论，他认为儿童对知识的掌握不是简单地看一个物品然后在脑中形成对这个物品的印象就是掌握了这个内容，而是通过他认为最为核心的概念——“运算”（Operation）。通过“运算”，儿童才会获得关于这个物品的含义和知识。他进一步将儿童的认知发育划分成四个阶段：第一个阶段是前语言阶段（Pre-verbal Stage），这个阶段大致在儿童从出生到 18 个月这一年龄段中，皮亚杰认为这个阶段的儿童通过对空间的连续性的感知来不断建构他们的感官系统。第二个阶段是儿童的前运算阶段（Pre-operation Stage），这个阶段是儿童语言和符号系统开始发育的阶段，在这个阶段，儿童感官运动发展并不会马上转换成脑中的“运算”，这个阶段会由于儿童内在发育机制的不同而大约发生于2—7岁。这个阶段儿童的认知特点在于：他们对于再现性的思考并不是全面的，因而也不会形成全面的运算思考，同时他们不具备反向运算的能力，不能理解能量守恒等概念。到了第三阶段，第一个“运算”阶段便出现了，即“具体运算阶段”（Concrete-operation Stage），处于这个阶段的儿童的年龄普遍在7—12岁，之所以叫作“具体运算”，在于这个阶段儿童的认知发育体现为对具体事物的运算，儿童会形成：类别的概念、顺序的概念、数字的结构、空间的结构以及全部的关于逻辑运算的基本概念、基础的数学概念、几何的概念甚至物理的概念。到第四个阶段就是“正式运算”阶段，也可以叫作“形式运算阶段”（Formal-operation / Hypothetic-deductive - operation Stage）。这一阶段大约发生于儿童12岁以后，这个阶段的儿童开始建构抽象思维的内在结构，而不局限在对于具体事物的运算和理解上，他们开始运用抽象思维和概念性思维、具备提出假设和验证的能力，他们开始了解关于事物发生的多种可能性，这也使得他们的思维更复杂并具有灵活性。

不同于皮亚杰的发生认识论，苏联著名的心理学家维果茨基（Lev Vygotsky）对行为主义者和格式塔心理学研究的替代品都不再抱有幻想。他运用马克思主义的理论框架，提出了一种“辩证唯物主义和历史唯物主义的心理学相关应用”的观点。维果茨基关注的是“过程”，而不是结构，并利用成熟的文化历史因素的相互作用作为个人发展的条件。例如，他根据“近端发展区”的概念提出了一种机制，即游戏、文化背景和学校课程对个人发展过程的影响。“近端发展区定义了那些尚未成熟但仍在成熟过程中的功能，这些功能将在将来成熟，但目前处于胚胎状态。”儿童在独立解决问题能力方面达到相同的发展水平时，在成人指导下或与同伴合作时，表现出不同的能力，即他们表现出不同的近端发展区。这些差异肯定了环境影响中的社会和文化方面的引导或指导对儿童发展的影响。这一概念对理解“模仿”在儿童发展中的作用具有重要意义，并为教育工作者提供了进一步思考和拓展教育方式的理论基础。维果茨基认为，发展方法是所有心理学的中心方法。皮亚杰和维果茨基对于儿童认知方面的不同看法丰富和拓展了我们对于儿童的心理和认知能力的理解，这些心理学方面的解释和理论可以为我们了解儿童在不同阶段对于图像和绘本的认知方式提供一定的参照和解释。

从以上心理学家对儿童认知的分析，可以得知我们并不是通过眼睛简单地看而是通过大脑的作用来了解事物。“看见”到“理解”是一个大脑运算的过程。我们看到的东西需要依靠我们以往的经验以及我们之前具备的知识和文化进行分析和验证，这样才能获得我们脑中的解释和信息。如图 2–1 至图 2–4 这个案例所示，在这个孩子的儿童画中，我们可以看到受到周围生活环境和自身认知以及行为发育的影响，在 3.5 岁到 4 岁的这段时间，她描绘的主要形象是父母的面孔，并且图像中的线条简单而笼统，并没有太多细节的描述，根据之前学者的研究我们或者可以认为这是由于他们的视觉观察并没有进入到细节的阶段，并且他们的行动能力的发育也并不支持他们完成太多细节的表现。

乌尔里克·奈塞尔（Ulric Neisser）认为“不仅是阅读，包括倾听、感受和观看都是随着时间而发生的技巧性活动。所有这些都依赖于事先存在的结构……也就是‘图式’（Schemata），图式会指导知觉活动，同时也在知觉活动中得到修正”。马歇尔·麦克卢汉（Marshall McLuhan）认为：“识字和阅读能赋予人们一种力量，让我们在面对图像的时候能稍微集中注意力，这样我们就能一眼看出图像的整体；不识字的人没有养成这种习惯，不会用这种方式去看东西。他们看物体或图像，就像我们看印刷的书页一样，一部分接一部分看下去。这样他们就无法拉开距离看到整体。”所以儿童对于图像的理解依赖于他成长中的环境背景和文化背景。正像罗兰·巴特在他的著作《形式的责任》（*The Responsibility of Forms*）中说，

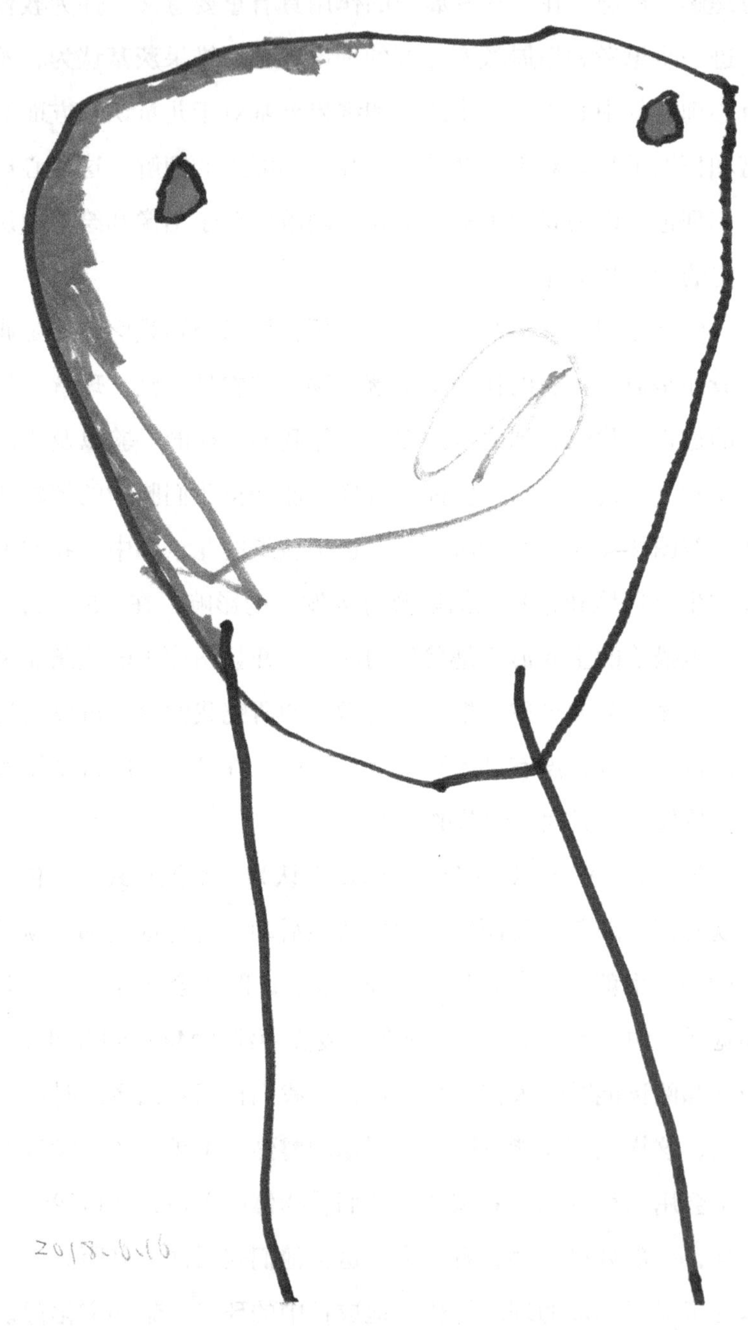

图2-1 《人物》，赵紫乔，2018（3岁半时作品）

图2–2　《两个人》，赵紫乔，2018（3岁半时作品）

图2–3 《人物》，赵紫乔，2018（4岁时作品）

图2–4　《人物》，赵紫乔，2018（4岁时作品）

“由于符号具有隐含意义，因而一张照片的解读总是历史性的；它依赖于读者的知识，这与真实的语言是相通的，只有了解了符号的含义，你才能理解……我们都是社会的产物……我们所感知的总是多于字面意义”。我们可以在儿童的表达中看到不同的文化背景所折射出的不同面貌，看到他们周围的生活环境以及外界的信息对他们的影响。如图2-5至图2-8所示，我们能在这些绘画中看到这个孩子所喜爱的动画片《小马宝莉》的形象，《冰雪奇缘》里的艾莎和安娜的形象，以及描绘父母家庭的绘画。并且在5—6岁这个时期，孩子们观察得比之前更加细致，他们的观看方式和描绘内容均涉及更多的细节，并且会经常性地放大这些吸引他们的细节。

尼尔·波兹曼（Neil Postman）曾在其著作《童年的消逝》中提出，童年是一个被发明出来的概念，是文艺复兴时期的伟大创造，这个概念出现距今也只有四百多年的历史。在此之前，儿童与成人靠口语传播信息，彼此分享相同的文化世界，因此他认为在印刷术出现之前的世界，并不存在儿童的概念。儿童不仅是一种生理学概念，也是一种社会概念和文化概念。菲利普·阿里耶斯（Philippe Ariès）于 1962 年出版了《儿童的世纪》，开辟了对童年历史进行研究的领域。当下我们通常将儿童年龄界定为 17 岁以前。在中国我们将 0—2 岁界定为幼儿阶段，3—5 岁划分为学龄前阶段，6 岁的时候孩子们开始上小学，6—12 岁这一阶段是孩子们的小学阶段，12—15 岁为初中阶段，15—18 岁为高中阶段。这种年龄的划分在尊重儿童的心理发育机制的前提下更是儿童这一概念在社会学中的体现。我们意识到儿童与成人的不同和差别，那么体现在阅读和教育方面也会有相应的差别。

图2-5　《艾莎和安娜》，赵紫乔，2019（5岁时作品）

图2–6　《小马宝莉》，赵紫乔，2019（5岁时作品）

图2–7　《场景》，赵紫乔，2019（5岁时作品）

图2-8 《爸爸妈妈和我》，赵紫乔，2020（5岁半时作品）

童年作为一个生理阶段被寄予了成人对美好和纯真的企盼和希望，同时又不可避免地削弱和模糊着儿童与成人的界限。绘本在某种程度上是成为父母的成人对童年的一种梦想和尊重。这也是纸质书在儿童图书尤其绘本领域中的影响远超电子书的一个重要原因。父母和儿童都享受和珍惜手握书本一起讲一个故事的美好时光，书籍的物质存在和图像的内容以及质感带给我们的美好体验是电子阅读所缺失的。

第一节　亲子阅读与儿童的语言发展

从心理学的角度对绘本进行研究始于40年前，它是儿童语言心理学研究的一个分支。斯诺（Snow）1972年发表观点指出，母亲简化了对年幼孩子的讲话，这种讲话方式后来被称为“母亲化的语言”（“motherese”，比如使用叠词等方式模仿幼儿的发音）。她认为这种方法有助于促进儿童的语言发展。在早期的案例研究中，尼尼奥（Ninio）和布鲁纳（Bruner）研究了儿童在阅读绘本过程中的名词学习，他们认为这似乎是儿童开始对事物进行命名行为的主要发生场景。在1983年的另一个案例研究中，斯诺指出读书互动中包含许多“提问—回答—评估”的流程，她相信在绘本阅读的背景下使用这些语言程序可以帮助孩子学习语言、故事结构和字形。

在对语言延迟儿童的观察和治疗过程中，怀特赫斯特（Whitehurst）等临床心理学家还发现，绘本的互动阅读是促进儿童语言发展的一种方式。霍夫·金斯伯格（Hoff-Ginsberg）1991年的一项研究证实，与其他自然发生的语言环境（例如吃饭、玩耍或洗澡）相比，绘本阅读的互动中使用的语言在语法上更加复杂，所涉及的词汇也更加多样化。贝蒂娜·库默林－梅鲍尔2015年发表观点：年幼的孩子对图片比对文字更感兴趣，父母每天分享绘本时也很少谈论认字。脑部图像研究表明，相较于儿童独自阅读绘本时的表现，当孩子与父母共同阅读一本绘本时，孩子表现出更大的神经激活作用（特别是在大脑的前额叶，这一组织负责较高层次的思考）。里斯（Reese）和里奥丹（Riordan）在 2018 年发现，与年幼的孩子一起阅读绘本时，父母与孩子间的对话会对孩子的理解起到重要作用，但是这也需要根据孩子的年龄和发育水平来选择更合适的交流方式和交流次数；与年龄较大的孩子相比，年龄较小的孩子需要更多的语言互动来保持其参与在阅读中。瓦希克（Wasik）2006 年的研究认为，较大的孩子们会从阅读过程之前或之后与父母的讨论中受益。从心理学角度解释绘本对儿童的影响目前仍旧有局限性，但至少为我们提供了后续研究的方向。前述里斯和里奥丹的研究指出一个特别有希望的方向是使用干预设计，即研究人员与父母和老师合作，为孩子学习绘本创造新的方式。

第二节　绘本与儿童的情感发育

在最近的研究中，只有尼古拉耶娃等的少数研究是专门针对绘本中的情感表达的。到目前为止，斯戴尔等人所做的广泛的读者反应研究表明，即使是很小的孩子，也可以从图像中评估人们的情感。尽管没有实验证据证明情绪在绘本中的作用，但埃文斯（Evans）等学者提出了一些假设，例如绘本提供的任何言语和视觉信息都是由大脑的不同部位以不同的速度接收和处理的。最近的研究还表明，大脑左右半球的发育速度各不相同，婴儿期和儿童期是大脑右半球快速发育的阶段。此外，2018 年，尼古拉耶娃指出，大脑的右半球与大脑中较原始的感知部分有 198 个更牢固的连接，这些连接管理着人们的即时感官知觉和情绪反应。

沃尔夫（Wolf）2007 年发表观点认为，在人类进化和个体发展中，视觉的发展先于语言的发展。我们的祖先在能够运用语言之前就用视觉符号进行交流。儿童早在能够口头表达他们的想法之前就能够充分理解复杂的视觉图像。另外，认知语言学的学者如莱考夫（Lakoff）和约翰逊（Johnson）1980 年的研究认为：人们对于隐喻性语言的理解和掌握先于日常语言，我们甚至在掌握口头语言之前就能进行隐喻性思考。玛丽亚·尼古拉耶娃从四个方面总结了绘本对儿童情绪的意义，她认为，首先，从儿童认知的角度进行的分析为我们提供了基于实验研究的解释，说明了为什么我们可以充分理解虚构的情感，尤其是为什么我们会对故事中的视觉图像产生强烈的情绪反应。其次，由于大脑右半球在儿童期占主导发育地位，因此绘本对年轻读者特别有吸引力。再次，绘本作为一种使用多种媒介的多模态文本，其对儿童阅读能力的提高十分有益，而且对于儿童的情感发展也是必不可少的。最后，我们可以总结出：视觉图像是吸引读者与文本互动的有力手段，而绘本为青少年心智发育和通感能力的发育提供了理想的训练途径。

第三章

儿童绘本的叙事

关于儿童绘本的研究往往会将儿童绘本放在儿童文学的框架之下进行讨论，很多关于儿童文学的理论著作都会把绘本作为一个章节来进行研究。绘本区别于其他儿童文学形式的一个特征在于：其使用文字和图像两种媒介来进行综合表现和传达。这种特征或许会让很多文学作者感到困惑，因为一直以来，在我们的文化脉络中，文字所占有的地位一直是主导性的，通过文字进行记录和传达在某种程度上象征着文明和开化。文字属于通用符号，在不同的文化群体中，文字作为该群体中成员之间进行沟通和交流的工具，形成了一套复杂的符号体系。这套符号体系是使用该语言的人们之间的约定，而符号本身的形象和所指代内容的形象之间并不具备绝对的联系。我们在长期的使用过程中赋予了这些符号以特定的意义。与文字不同，图像似乎属于较为初级和原始的媒介形式。我们通常认为观看图像并不需要“学习”，而理解文字则只有通过“学习”这种智识劳动才能掌握，这也是为什么在我们的文化体系中一直重视文字的教育。以英文为例，英文字母的形态与现实事物没有任何表面上的联系，人们必须通过学习，才能在这种符号与现实世界之间架构起桥梁。而图像的呈现方式往往更加直观，尤其是较为具象的图像，其与现实世界的关系更加紧密，也更容易被人们观看和了解。所以我们往往忽视对图像阅读的学习，并且不认为图像需要和语言一样的学习过程才能被了解。在 20 世纪 80 年代，学者们开始将绘本视为一种艺术形式，并且认为绘本可以作为提高语言和视觉素养的教育工具。经过对文字和图像相互作用的深入实验，绘本的艺术效果得到了很大的发展。约瑟夫·舒瓦兹（Joseph Schwarcz）成为开创绘本图像研究的先驱。1988年，在约瑟夫·舒瓦兹和夏凡尼·舒瓦兹（Chava Schwarcz）合作的著作中，他们开始更加关注绘本所形成的独特的艺术形式。但是这两部研究著作都没有区分绘本和插图书之间的差别。之后佩里·诺德曼对绘本中的视觉文本以及图文互动研究做出了重要贡献。这些学者的研究又得到了乌拉·莱丁（Ulla Rhedin）、简·杜南（Jane Doonan）、芭芭拉·基弗（Barbara Kiefer）、玛丽亚·尼古拉耶娃、卡罗尔·斯科特等学者的补充。这些专著对绘本这一独特的创作形式进行了充分的分析，确认了绘本中图像叙事的重要性，并且绘本中图像与文字之间复杂的互动关系成为绘本研究中的核心问题。佩里·诺德曼的《说说图画：儿童图画书的叙事艺术》是具有代表性和建设性的理论研究著作，这本书通过讨论和研究绘本中的图文关系，强调绘本只有通过文字和图像之间有效的相互作用才能传达意义。这本书在副标题中强调了绘本的叙事性，但是作者并没有局限在单纯叙述的层面，而是对视觉文本中的图形、颜色、构图、材质等方面进行了深入的分析，同时探讨了不同的视觉风格对于读者的心理预期的影响，解释了绘本中的图像如何暗示顺序、动作与时间，以及图画和文字的互动关系等内容。在这本书中诺德曼也探讨了绘本中隐含的观者的问题，并明确了在儿童绘本中隐含的观者的存在——也就是文字和图像的表达中所隐含的符合其假设的读者。

1975年，罗兰·巴特解释了他的叙述和故事观："世界上有无数种叙事形式。首先，如果可以使用所有材料来讲述人类的故事，那么每种类型的故事都可以使用多种表现媒介。在叙事工具中，有口头或书面的表达语言，图片、静止或移动的手势以及所有这些材料的有机组合；故事存在于神话、传说、寓言、短篇小说、史诗、历史、悲剧、戏剧（悬疑剧）、喜剧、哑剧、绘画（例如，维托雷·卡帕齐奥的《圣乌苏拉的传说》）、彩色玻璃窗、电影、当地新闻和对话中。”继罗兰·巴特、吉拉德·吉耐特（Gérard Genette）、茨维坦·托多洛夫（Tzvetan Todorov）之后，西摩·查特曼（Seymour Chatman）建立了叙事结构的符号学模型。1978 年，他说：“我提出了一种方式，一种叙述方式。我将其分为‘故事’是什么，以及‘叙述’是哪种方式。”查特曼推导出一个叙事模型（图 3–1），在这个叙事模型中他将叙事分为两个方面：故事（内容）和叙述（表达）。就故事来说又可以分为两个方面来考虑：故事的形式（故事中出现的事件、人物和环境）以及故事的实质（根据作者的文化背景和文化属性所表达出的人和事等）。叙述（表达）也是如此，可以分为两个部分：叙述的形式（叙述传播的结构）和叙述的实质（媒介依赖的表现：比如通过语言、芭蕾、电影、哑剧等这些表现媒介）。纳兰契奇·科瓦奇（Narančić Kovač）从查特曼的叙事模型中推导了绘本的叙事模型（图 3–2），他在保留查特曼关于故事内容的形式和实质的前提下，在叙述的范畴中区分文字叙述的形式和图像叙述的形式，以及文字的实质（媒介的依赖）和图像的实质（媒介的依赖）。

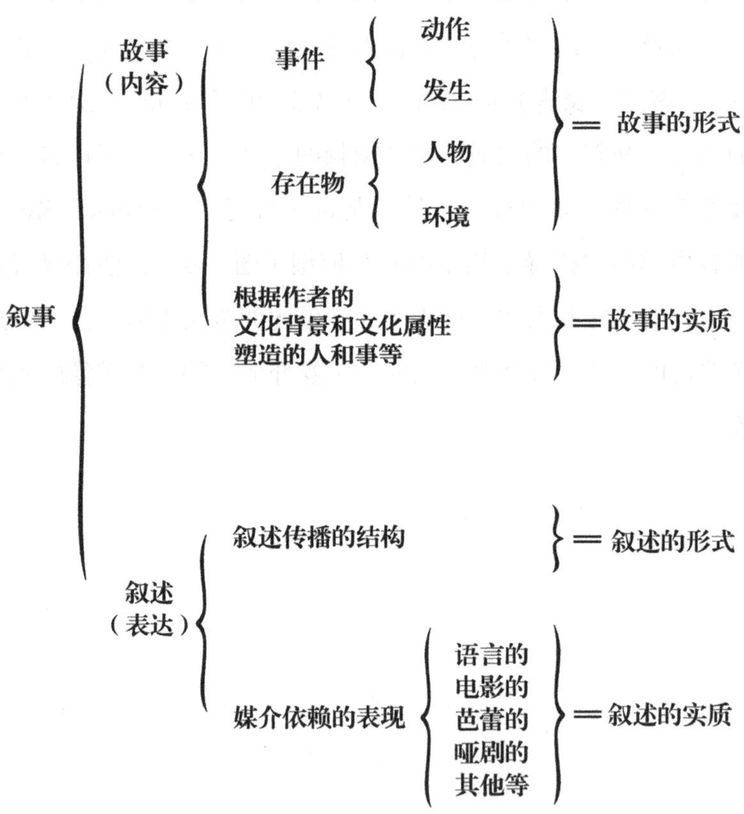

图3-1　叙事模型，西摩·查特曼，1978

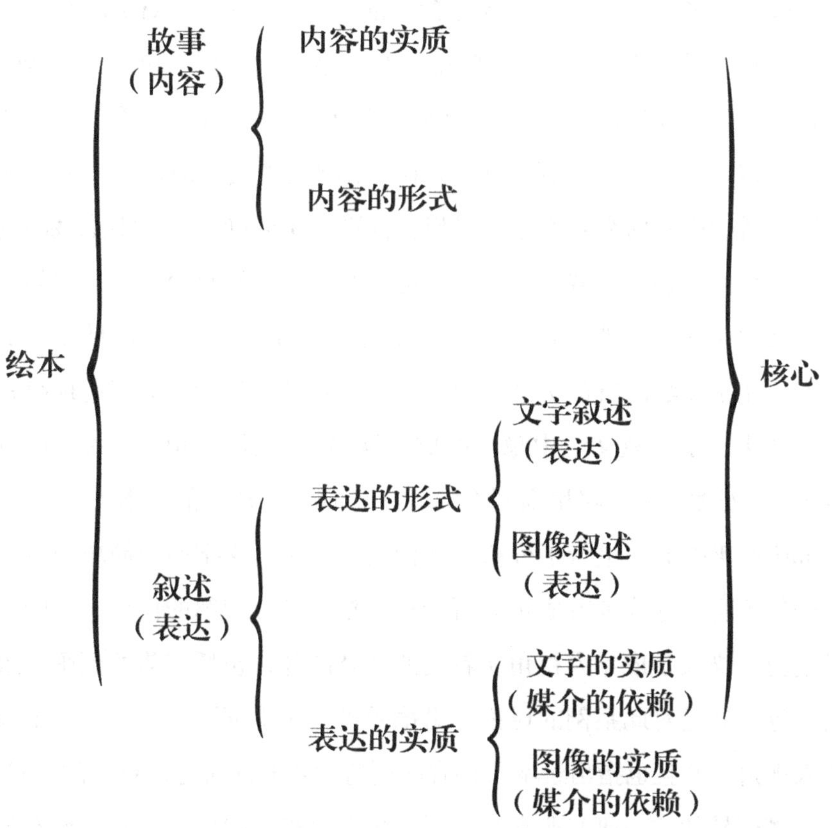

图3-2　绘本的叙事模型，纳兰契奇·科瓦奇，2015

第一节　隐含的观者和双重观众

很多学者和评论家都主张隐含的读者（implied reader）的存在，也就是文本所隐含的符合其假设的人，1972年沃尔夫冈·伊瑟尔（Wolfgang Iser）发表了《隐藏的读者》，之后他于1976年发表的著作《阅读活动》提出了审美反应理论，促成了70年代欧洲接受美学的理论潮流，他描述了阅读活动中双向交互作用的思想，并进一步明确了文本中隐藏的观者的存在。在儿童绘本领域，佩里·诺德曼在著作中针对绘本中独特的图像叙事方式提出了隐藏观者的存在。诺德曼在2008年发表的作品《隐藏的成年人：儿童文学的特征》中认为绘本可能有助于学者们更好地理解儿童文学，并指出了儿童文学中隐藏的成人视角。之后在2010年的一份研究报告中，诺德曼对南·格里高利（Nan Gregory）2002年的绘本《安珀的等待》（*Amber Waiting*）进行了分析，并指出绘本中的文字通常简单，看起来像孩子的语言，这代表着成年人所希望儿童看到并理解的世界，而图画却不可避免地描绘了成年人视角所看到的复杂图像，包括细节的刻画、景别的选择等。通过对此案例的讨论，诺德曼进一步论证了在儿童绘本中隐藏的成人视角，并且也指出绘本所特有的创造童年并同时打破童年的方式。

诺德曼的这一研究非常有价值，长久以来，我们对于儿童绘本的理解是：它是一种给没有阅读经验的、不会认字的孩子看的幼稚的读物。所以成人往往倾向于使用简单的文字来讲故事，但是另一方面我们却在图像中无意识地植入了成人的视角和成人的思维。这在绘本中的图文互动方式中有明显的体现。图像中的成人视角潜移默化地让孩子们感受到成人的理解、成人的观点、成人的方式、成人的文化和成人的审美等，也让儿童慢慢从童年走向成人，所以说“绘本在创造童年的同时也打破了童年”这种观点不无道理。

第二节 绘本中的图文互动

斯蒂芬·罗克斯伯勒（Stephens Roxburgh）在他 1983 年的文章《一幅图片相当于多少文字？》（“A Picture Equarls How Many Words?—Narrative Theory and Picture Books for Children”）中指出：“叙事是儿童文学里最重要的成分，不仅在小说中如此，在当代绘本中也是如此。但遗憾的是，很少有理论批评是将插画的叙事功能与文字的叙事功能进行区分对待的。我们作为儿童文学的成人读者，如果想要了解绘本的语义结构，就必须对这方面加以研究。”彼得·亨特（Peter Hunter）所著的《批评、理论与儿童文学》将绘本和文学批评作为一个章节进行了探讨，其中提出绘本需要文学批评，文字和图画之间的关系应该是互动的，他认为我们缺少对于现代绘本元语言的探讨。卡莱尔·布莱德福（Clare Bradford）在 1993 年的文章《绘本：一些后现代的张力》（“The Picture Book—Some Postmodern Tensions”）中提出，对于年轻读者来说，复杂的图文互动是现代文学中“后现代”潮流的一部分。

在《绘本的力量》中，玛丽亚·尼古拉耶娃和卡罗尔·斯科特这两位学者对绘本中的图文关系有出色的论述。在这本书中，两位学者通过对绘本研究领域的理论归纳和检索，确定了她们主要的研究方向，即图文互动的关系。并提出了在这些研究的基础上，我们仍然缺乏对现代绘本中文字和图像互动产生的特定文本的解码工具，其在此基础上认为“我们缺乏一个综合性的元语言和一个系统的分类来描述各种图文互动”。她们首先对绘本的概念进行了归纳，这种归纳建立在之前学者对图文互动的研究的基础上，她们列举的有丹麦的托本·格里格森（Torben Gregersen），他对绘本的分类包括：展示类书籍，图片字典（无叙述）；图片叙事类书籍，无文字的或很少文字的绘本；绘本或图片故事书（图片和文字在书中同样重要）；含图片的书，文字可以单独存在，不依赖图像的解释。可以看出托本·格里格森是根据图片在图文互动中的叙事能力来对绘本进行分类的。约瑟夫·舒瓦兹在他1982年的《插画师的方法：儿童文学中的视觉传达》（*Ways of the Illustrator: Visual Communication in Children' s Literature*）和1991年的《儿童绘本的成长》（*The Picture Book Comes of Age*）这两本书中没有对绘本和插图书进行区分，但是他讨论了几种文字和图片配合的方式，包括一致性、阐释、规范、扩大、扩展、互补、交替、偏差和对应。乔安妮·M. 戈尔德（Joanne M. Golden）于1990年根据图文互动的关系进行的分类为：图片和文字是对称的（造成了冗余）；文字需要依靠图片来解释；图片加深文字内涵；文字主要叙述，图片不是必要的；图片主要叙述，文字不是必要的。

玛丽亚·尼古拉耶娃和卡罗尔·斯科特认为戈尔德的划分方法是一个很好的起步，并在此基础上进一步推进并扩展了图文之间的互动关系的分类方法。她们首先区分了没有图片的文本（纯文本）和没有文字的绘本（无字绘本），而在文本的范畴中又可以划分出叙事文本和非叙事文本。只有图片没有文字的这种绘本又可以归纳为展示类书籍（图片字典类）以及单纯用图片来叙事的形式。在这两种极端的图文关系的体裁外，又对整个谱系中位于中间的绘本的图文互动方式（既有文字又有图片）进行了划分，包括：（a）对称的绘本（两相冗长的叙述）；（b）互补的绘本（文字和图片可互补）；（c）扩展或增强的绘本（视觉叙述支撑文字叙述，文字叙述依赖视觉叙述）；（d）对位的绘本（文字图片两相依靠）；（e）兼用绘本（有 / 无文字，两个或更多互相独立的叙述）。玛丽亚·尼古拉耶娃和卡罗尔·斯科特的分类在戈尔德的基础上扩充了他提出的第二种分类和第三种分类的内容，即在文字需要图片来解释以及图片加深文字内涵之间，根据文字和图片相互依靠的程度进行了细化。

菲利普·普尔曼在 1989 年的《看不见的图像》（*Invisible Pictures*）中提出图画意义和文本意义之间的互动作用是比较复杂的，而这种互动作用带来了 20 世纪最伟大的叙事创新——“对位”（counterpoint）。彼得·亨特和卡莱尔·布莱德福也都提到了“对位”的概念。玛丽亚·尼古拉耶娃和卡罗尔·斯科特进一步对绘本叙述中不同的对位方式进行了总结：包括地址的对位；风格的对位；体裁和形式的对位；并存的对位；视角的对位；角色的对位；超虚构自然的对位；空间和时间的对位。“对位”为绘本中文字和图像之间的互动提供了新的方式，看似相互矛盾的叙述却可以为读者的解读留出空间。

第四章

儿童绘本的多种形式

美国学者丹尼斯·I. 马图卡（Denise I. Matulka）在她的著作《绘本宝典》中将绘本划分为绘本、插画故事书、插图书和知识类绘本（包括传记绘本）。她认为，这四类绘本的一个共同特点是图画是书中的重要元素，而区分这四种绘本的标准在于图画和文字的比例以及图文关系。比如绘本是图像比例最高的，而知识类绘本就是图画占比例最少的一种。这种根据文字和图画的比例来划分绘本的方法为理解绘本提供了一个框架，但是在我们实际阅读的过程中，绘本的种类往往更加多种多样，对它们进行分类的方法也不只这一种。绘本是为儿童提供阅读内容的载体，由于儿童在不同年龄阶段会呈现不同的认知状态，所以儿童绘本往往会在书上标注出适合阅读的年龄。值得注意的是，儿童读物是图书中唯一会标注适宜年龄的图书种类，这应该是为了将儿童和成年人进行区别。这种按照适读年龄来为儿童读物进行划分的方法也为繁忙的父母提供了选择图书的参照。除了通过适读年龄来为儿童绘本进行划分之外，我们还可以根据绘本的不同形态特征来对绘本进行分类。

第一节　地板书

地板书英文写作 Wimmelbook，是从德语的 Wimmelbilderbuch 演变来的。这种书的特点是：开本较大，以图片为主，图像以全景画为主要形式，几乎没有文字。这种绘本在中国的图书市场中往往会宣传为可以锻炼儿童的专注力和视觉开发能力。地板书常会给人拥挤的感受，这也是其视觉丰富性的一个体现。地板书会在每一个对开页中呈现一个详细的全景景观，其中包含几个小场景、大量的人物和道具以及细节的描绘。这些场景常微妙地相互连接并引导观者的视觉动线。大多数地板书关注的是日常场景，通常是描绘孩子们所熟悉和能够识别的内容，这样孩子们可以根据自己的经验或猜想来识别人物和物品，从而获得极大的成就感。这些插图经常是矢量绘画或者采用偏卡通化的电脑绘图，对于关键性细节的描绘准确而具有可识别性，这也使得地板书能够帮助儿童提高视觉专注力和识别力。地板书提供了大量的视觉材料，小读者们可以通过许多不同的方式来探索，地板书中视觉过剩的特征允许孩子们在图书中进行类似于搜索、游戏或拼图等形式的互动阅读，并因此深受父母和儿童的喜爱。在国内比较成功的克劳迪娅·毕希勒的《德国专注力养成大画册》，在国外比较有影响力的马丁·汉福德（Martin Handford）的《沃利在哪里？》（*Where' s Wally?*）等系列，是地板书中具有代表性的作品。

库默林 – 梅鲍尔认为地板书的功能性将它们连接到认知和语言发展的几个阶段，这使得它们比其他图片能吸引更广泛的受众类型。学者科尼利亚·雷米（Cornelia Rémi）认为地板书的持续流行是基于它们所支持的众多阅读方法，以及它们可以在读者中唤起的多种阅读反应。地板书丰富的视觉元素、开放的叙事结构，为孩子们提供了充满挑战的视觉材料库，可以帮助孩子训练并获得一系列的认知技能：感知和注意力、耐心和毅力、过滤和构造大量视觉信息的能力、记忆和综合观察的能力、质疑和分析能力、局部观察和连续性观察的能力，最后是语言和社交技能——阐明自己的阅读印象，并与他人讨论。孩子们每一次理解视觉结构的尝试都可能产生新的发现、新的组合和新的解释路径，复杂的画面成为多元的和可持续思考探索的有趣内容。

第二节　立体书

立体书在童书市场中，尤其是在低幼年龄段的读者中很受欢迎。立体书往往是可动的，这种运动一方面体现在翻页的过程中：图像以自发的形式跃然纸上，故事中的一些场景、建筑或者人物形象以立体模型的方式呈现给小读者，而孩子们往往会被这种魔法般的阅读体验所吸引。立体书中的另一种运动是儿童对于书本的有目的性的操作和探索：比如我们经常看到的洞洞书，这种有趣的书在书页中对某一部分进行挖空，或者增加一小部分结构，引导孩子去发现书本中隐藏的内容。这种交互式的阅读也是立体书为孩子提供的一种独特的阅读方式和体验。早期的立体书中那些巧妙的、机械式的纸张构造很多是手工制作的，之后由于印刷水平的提高，一些新的技术也被引入图书设计和出版中，比如激光切割等，立体书的样式也随之变得更加丰富多彩，极大地吸引了孩子们的兴趣。

立体书的主要特点在于它颠覆了书籍的二维空间而进入到三维的世界中。它既突破了图书的常规构造，又延续了传统绘本中的图文叙事方式，并进一步考虑到图书中物质材料所能提供的多种潜能。立体书的出现并非一日之功，一千多年来，哲学家、科学家、艺术家和设计师不断尝试在图书中增加互动，以吸引读者的兴趣，并增强读者对图书内容的理解和情感的投入。

立体书中常用的立体构造包括弹出式、翻窗式、旋转轮和升降式等，这些图书结构被用来增强图文内容的表意效果。13 世纪的欧洲，本笃会僧侣马修·帕里斯（Matthew Paris）在他的手稿《世界大事录》（*Chronica Majera*）中使用了一个旋转轮的构造以改善图书阅读的体验。单词“volvelle”

来源于拉丁语，意思是“转轮”。有些书使用两个或两个以上的圆形纸盘叠在一起，并在圆心上进行固定，顶层的圆形纸板会有一个镂空的窗口来显示下层页面中的内容。这种转轮式的结构很像是幻灯片，每一个画面在转动的过程中从这个镂空的窗口中呈现出来。在图书历史中，这种转轮式（图4–1）的结构被一直延续了下来。比如在 1984 年出版的爱丽丝和马丁·普罗文森的《达·芬奇：艺术家、发明家、三维电影中的科学家》这本书中，那些纸制的转轮把一幅画着达·芬奇画像的插图转换成一幅达·芬奇的作品。这种富有巧思的立体书将可移动的书页构造与叙事内容相互呼应，为读者带来有趣的阅读体验。

图4–1 一种转轮的结构（吴翊楠绘）

另一种出现得比较早的立体书形式是翻翻书（lift-the-flaps）（图 4–2），这种图书样式通过添加一个小翻页的结构，将一个跨页中的关键情节或者信息凸显出来，孩子可以用小手翻开这个像小窗一样的小翻页并看到下面的另一幅图像，这种形式往往像猜谜游戏一样，提供了富有趣味感的体验。

图4-2　翻翻书（吴翊楠绘）

18 世纪时，欧洲出现了另一种很受欢迎的可移动的图书形式——剧场书（图 4-3），也称为翻拼书或变形书。剧场书的形式也有很多，比较常见的基础构造是书页由上下两张纸构成，底部的纸张折成四折，然后上面的纸张从中间切开，再固定到下方纸的顶边和底边，这样上层的纸就可以翻开了。剧场书通过上下页面的多种组合形成不同的插图，从而在有限的书页空间中创造丰富的内容和意义。

图4-3　剧场书（吴翊楠绘）

另外还有一种比较有特点的立体书形式是隧道书（图 4–4），这种图书有些类似我国传统的拉洋片，也被称作西洋镜立体书。这种图书的封面上往往会挖出一个小洞当作窥探孔，书的侧面是风琴褶的形式，从小洞里看过去会看到一层一层的立体图像。这种书会形成类似于摄影镜头中的景深效果，也有一层层幕布和置景所形成的舞台效果。

图4–4　隧道书（吴翊楠绘）

除此之外，立体书还有很多巧妙而富有创意的表现形式，充分体现了艺术家、插画家、设计师的奇思妙想。尽管立体书最开始是为成人设计的，直到 19 世纪才开始运用到童书出版的领域，但是它之后在童书出版中成了独具特色和风格的一类图书形态。迪恩和萨恩出版公司（Dean & Son, LTD.）在立体书的出版初期有着重要的影响。迪恩和萨恩出版公司在 1856 年出版了一系列可移动的立体书，其中比较著名的是《小红帽和辛德瑞拉》（图 4–5）。这本立体书中有 8 页立体的页面，每个立体页面都分有三个场景，并依靠一个纸带作为连接轴，书页的下方印有文字，书页的背面是空白的，当时迪恩和萨恩出版公司专门成立了一个制作手工立体书的部门，由专业的工人手工制作这些有趣的机关。

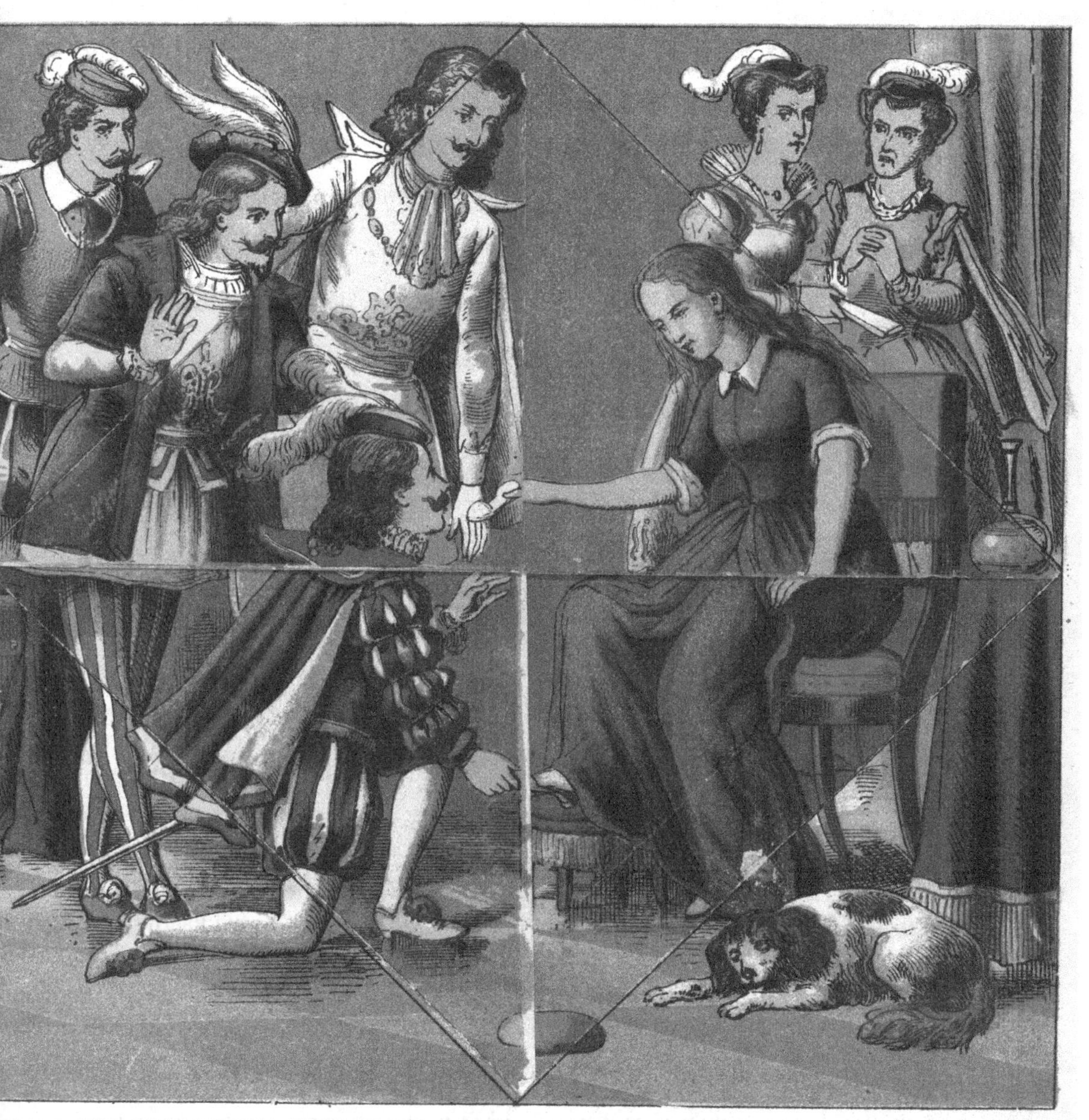

图4–5　《小红帽和辛德瑞拉》，迪恩和萨恩出版公司，1856

19 世纪最具原创性的立体书绘本要数洛萨·梅根多夫（Lothar Meggendorfer）设计的作品。这位德国艺术家也被称为“立体书之父”。他能够通过富有想象力的艺术创作和巧妙的机械装置来传达他特有的幽默感。梅根多夫的独创性在于他经常让插图的几个部分同时向不同的方向移动。梅根多夫设计了隐藏在书页之间的复杂杠杆，这赋予了人物巨大的移动可能性。他用很小的金属铆钉——实际上是卷紧的细铜线，连接杠杆，这样一个拉环就可以激活所有的杠杆，当拉环被拉得更远时，通常会有几次延迟动作。梅根多夫 1887 年出版的《国际马戏团》（*International Circus*）是他最杰出的全景画立体书之一。这张六折的画本可以延伸到整整 133 厘米，马戏团的表演通过下拉式三维图形立体呈现，这部作品成为 19 世纪的经典立体书。

立体书经常被用来诠释传统的或者经典的故事，从而为经典故事赋予新的视觉形态。比如我们能看到《小王子》的立体书，以及国内最近刚刚出版的《大闹天宫》的立体书等。尽管立体书的形式历史十分悠久，但它一直不断地创造出新的形态和绘本面貌，它通过现代印刷和装帧技术让绘本的视觉呈现形式十分具有当代艺术面貌。法国艺术家阿努克·博伊斯罗贝特（Anouck Boisrobert）和路易斯·里高（Louis Rigaud）创作了三本引人注目的立体书绘本，并被广泛翻译成各种语言：《波普维尔》（*Popville*）、《醒来吧，树懒》（*Wake up, Sloth*）和《海底》（*Under the Ocean*）。这些设计精巧、概念新颖又兼具时尚感的书籍通过弹出式的立体构造增强了故事的主题性和趣味性。捷克作者柯薇塔·巴可维斯卡（Kveta Pacovska）在 1992 年创作的《颜色的故事》中使用了多重机关和立体构造来表现主题，在封面中我们可以看到之前提到的窥探孔，页面中则分别使用了转轮、翻翻书、挖空页面等形式，儿童在阅读的过程中，像是玩寻宝游戏一般，不断发现这本书中隐藏的机关和秘密。不仅儿童喜欢这种立体书，父母也会被这些充满想象力的创作和绝妙的视觉感受所吸引。立体书可以增强文本内容，相较于我们讨论的绘本在二维平面空间中的图文对位方式，立体书的图文对位则增加了对三维空间和运动过程的讨论。它的交互性也为儿童在阅读过程中提供了十分独特的感知经验。

第三节　无字绘本

无字绘本是一种很有特点的绘本，它最主要的特征在于它完全通过图像来叙事，而不依赖文字的解释。这打破了我们在前一章讲述的关于绘本中通过特有的图文叙事结构，以及文字和图像形成第三种文本来表述意义的方式。儿童在阅读时完全依靠图像这一单一媒介去理解内容。但是在亲子阅读的过程中，父母往往会根据图像给儿童提供一定的语言讲解，这也让同一本无字绘本可以拥有多种版本的解释和意义。无字绘本并不是由毫无关联的图像所组成的“画集”，我们仍旧可以在这些绘本中看到叙事的诉求，可以找到内容的连续性，比如场景的连续或者角色的统一。父母对这种完全无字的绘本，或许会感到挑战，因为内容和叙事因为文字的消失而不再只有单一的解释。我们以往依靠语言符号所建立的直接的理解方式被打破了，不太习惯于阅读图像的父母需要和孩子一起发挥想象力在大脑中形成故事和概念，这个过程是充满了惊喜和互动的，这种互动不再出现在文字和图像之间，而是出现在图像的连续页面中，在左页与右页的对应中，也在翻页的过程之中；这种互动还出现在图像和读者之间，读者会在图像中寻找线索来获得意义和解释，并进一步验证自己的理解。另外如果无字绘本出现在亲子阅读的场景中，那么这种互动还出现在父母和孩子对于各自理解到的内容的交流和对话中。从这个角度来说，我们可以认为无字绘本形成了自身独特的互动模式和解释模式。

有的学者认为无字绘本的存在意味着应该重新定义绘本的概念，并建议将绘本定义为“由装订的、印刷的、顺序排列的图像组成的故事，这些图像以页面为单位，插图是基础，而文本可能是潜在的”。爱玛·博世（Emma Bosch）在2012年进一步说明在无字绘本中，“除了书名、作者姓名以及出版信息外，书中的每一页都没有其他文字……相比之下，‘几乎没有文字的绘本’是‘那些基本上被视为视觉表现的叙述’，这种绘本的页面上会有一些文字。这些文字可以是单词、句子、段落，甚至是几页文本”。此外，爱玛·博世还认为还应区分绘本页面中构成叙述部分的文字和标志性文字之间的区别，标志性文字即构成图像一部分的文字和字符，例如在图像中的某个标牌和标签上显示的文字。这种文字在起到文字叙述作用的同时也起到了图像的作用，是构成图像的一部分。

国际儿童图书评议会（International Board on Books for Young People，简称IBBY）是一个创办于1953年的国际非营利组织，总部设在巴塞尔，2012年，IBBY在意大利设立了一个项目“无声图书：从世界到兰佩杜萨岛”（Silent Books: From the World to Lampedusa and Back）。在这个项目中，他们为无字绘本起了一个很好听的名字——“无声图书”，项目的初衷是应对来自非洲和中东的难民涌入意大利兰佩杜萨岛的浪潮，该项目包括在兰佩杜萨岛建立一个图书馆，供当地儿童和移民儿童使用，之后他们整理搜集了一系列无声书籍（无字绘本），无论儿童使用何种语言都可以理解和享受这些无字绘本。这些书来自20多个国家，有100多本，它们被存放在罗马的文献和研究档案馆（Palazzo della Esposizioni），一套送到兰佩杜萨的图书馆，另外一套则用来做巡回展览。迄今为止，共有四个无声图书收藏系列：2013年无声图书收藏（110本）、2015年无声图书收藏（51本）、2017年无声图书收藏（79本）和2019年无声图书收藏（67本）。每一系列藏品都会以展览的形式在意大利及世界各地不同场所巡回展出，并在博洛尼亚书展和新西兰、希腊的IBBY大会上展出。作为这个项目的一部分，意大利IBBY为在一个不讲共同语言的社区中阅读无声书籍编写了10个建议（表 4–1），瑞典 IBBY 还制作了一本小册子，介绍如何在儿童中推广无声书籍。这本小册子是一本关于无字绘本的手册，充满了叙述的力量。

表4–1　IBBY意大利无声绘本分享活动的十个建议

1	选择或创造一个安静的空间。组织大朋友和小朋友们，欢迎每个人都面带微笑。与儿童一起工作时，确保成年人就在附近，在所有的活动前得到父母的认可。
2	鼓励在场的人拿着书，靠近书本，翻动书页。
3	深呼吸并感受沉默，享受无言。用眼神和微笑交流，确保每个人都在享受阅读，这是一个新的旅程，书是强大的，可以引导我们走向真理、平静与安宁。
4	静静地聆听每一本书的寂静。
5	倾听发生了什么。如果大家觉得无聊了那就大胆换书。
6	解释、想象、参与、做出反应。但不用语言交流。尽量不要说话。
7	向每个人展示插图。把书递给周围人并欢迎任何回应。
8	使用有节奏的声音，如拍手或拍打。或者引导孩子和大人玩一个游戏。
9	合上书。这是旅程的终点。
10	感激我们的相遇，他们会记得遇见你，你也会。

爱玛·博世认为无字绘本专注于图像的展示性并具有“纪录片”的吸引力，因为它们着眼于日常生活、风景和城市景观的叙述性描述，以及概念的解释。在这些书中，“展示”比“讲述”更为重要，虽然这些绘本大多描绘真实的场景和事件，但有些也会融入奇妙的元素。所以无字绘本往往包括编年史、全景故事书和概念解释类故事书。陈志勇的《抵岸》是很有代表性的一本无字绘本，也被看作视觉小说的一种典型形式。它以一种纪录片的形式用图像呈现给读者一个关于移民的故事。这部作品是根据作者本人的经历进行创作的，陈志勇在 2010 年还出版了一本英文书，讲述了《抵岸》的创作过程，书名叫作《无名之地的手稿：抵岸的艺术》（*Sketches from a Nameless Land: The Art of the Arrival*）。在这本书中，艺术家谈到了他的灵感来源、资料文档的整理过程，以及这部图像小说中人物和背景的构建。日本作者安野光雅的《旅之绘本》系列也是一套很有代

表性的无字绘本作品，这套作品更像是作者的旅行日记，整套绘本放眼于全景的呈现，关注场景中的景观、意境以及情绪，弱化对具体人物形象的描述。也有一些学者指出了无字绘本与地板书之间的交叉性，从呈现的形式来说地板书应该属于无字绘本中的一种形式。在无字绘本中除了这种着眼于全景画的绘本外，也包括具有纪录片性质的图像小说和故事性绘本等其他形式。

第四节　后现代儿童绘本

通过对不同国家绘本发展史和文化背景的整理，一些有代表性的学者对于儿童绘本中的后现代趋势进行了研究。绘本研究领域也更加关注当代文化、社会背景、艺术和意识形态的转变。此外，它扩展到对后现代意识形态下的绘本特征和双重观者的绘本、跨界的绘本，甚至具有挑战性和争议性的绘本的研究。

后现代主义于 20 世纪 50 年代后期首次进入学术界。有迹象表明，英国历史学家阿诺德·汤因比（Arnold Toynbee）是最早在他的 1947 年的《历史研究》（*A Study of History*）中使用该词的学者之一，尽管该词被用来描述西方历史上的戏剧性突破，但这种质疑现代主义的观点也得到了其他学者的支持，例如亚瑟·伯格（Arthur Berg）。2003 年，伯格指出，大约在 1960 年，我们的情感发生了从现代主义到后现代主义的“地震转变”，这种转变开始在建筑师、作家和艺术家的作品中得到体现。2002 年，克里斯托弗·巴特勒（Christopher Butler）声称：第二次世界大战后，“我们可以感觉到有所突破”，并补充说，“一种新的思想氛围已经出现，并带来了新的敏感性”。但是，他也警告说：在从现代主义到后现代主义的转变中，没有单一的发展道路，只有各种各样的联系和破坏来构成这种转变。1984

年，吉恩·弗朗索瓦·利奥塔（Jean Francois Lyotard）声称后现代主义是“对屈服者的迷恋”，它加强了以现代主义为突破的观念，并进一步支持了观念的打破。伯格将叙事解释为“总体的心理谎言，用来使人们注意到什么是重要的以及该如何生活”。1996 年，特里·伊格尔顿（Terry Eagleton）在发表的文章中同意伯格的观点，他认为这些元叙事或现代主义的“希望”在后现代主义的过程中幻灭了。他认为，这种宏大叙事在历史上并不可信，它们只是煽动极权政治的危险幻想。对现代主义叙事的幻想破灭反映在包括后现代绘本在内的后现代文学中。

里昂（Lyon）在 1999 年发表观点认为，后现代文学的特征在于“模糊了高端文化与低端文化之间的界限，知识、品位和见解等级的崩溃，对个体而非全民的兴趣”。相比之下，伊格尔顿将典型的后现代艺术品描述为“任意的、折中的、混合的、偏心的、移动的、不连续的、过时的”。伊格尔顿补充说，后现代形式（包括叙事形式）通常具有讽刺意味，沉迷于嬉戏和娱乐。他指出了后现代叙事形式作为一种结构的地位，源于它的互文性和对其他作品的模仿性。切丽·艾伦（Cherie Allan）在 2012 年出版《玩绘本：后现代主义和后现代主义化》一书中认为，后现代文学的主要推动力之一是对现实主义小说的挑战：现实主义文本中包含的意识形态以及现实主义的各种叙事策略和叙事手段将这些态度和价值观呈现为“自然”。哈钦于 1988 年指出，后现代主义是“批判性的回顾，是与过去的讽刺对话”。弗里格于 1997 年提出了后现代主义的四个观点：作为反应、否定、残余或现代主义的强化。在此基础上，他提出了后现代主义的五个公认特征，其中两个经常被用来讨论后现代绘本：对原创性概念的质疑，并着重于引证、可迭代性、借用、中间性，带有一种讽刺或质疑的品质，对固有的或权威性价值的不安。哈桑（Hassan）于 1997 年在关于后现代主义的讨论中提出了一种概念，该概念也被用于讨论后现代绘本：“游戏性、偶然性、无政府状态、文本互通、过程的发生、参与、组合和不确定性。”刘易斯

（Lewis）于2001年发表文章，总结了后现代绘本和小说中的五种策略："突破边界、过度、不确定性、模仿和表现。"安斯蒂（Anstey）和布尔（Bull）2004年的研究认为，后现代绘本具有以下特征："设计和布局方面的变化，作者和插图画家的语法变化，不确定性，争辩性话语，互文性以及多种含义和多重观众。"尼古拉耶娃于1988年指出，当代儿童文学的许多选择都"表现出后现代主义的最突出特征，例如体裁折中主义，传统叙事结构的解体和元小说形态"。根据沃森（Watson）在2004年的观点，后现代绘本"提供了后现代折中主义的最易获得的例子：界限的突破、线性年代学的放弃、对文本结构的强调、流派的混杂和模仿"。根据一些学者的研究，西普（Sipe）和麦奎尔（McGuire）于2006年进一步总结了后现代绘本的六个特征：

• 它模糊了流行文化和高级文化之间的区别，模糊了传统文学体裁之间的差别，以及作者、叙述者和读者之间的界限。

• 颠覆文学传统和惯例，破坏故事与外部现实世界之间的差异。

• 清晰多样的互文性（在所有文本中），多重来源的文本相互扭曲，相互混合。

• 含义的多样性使叙述具有多种方式，高度的模糊性以及开放性的结局。

• 好玩，欢迎读者将文字视为具有象征性的游戏场地。

• 自我指涉，拒绝让读者通过间接体验了解文本叙述的内容，而是以元小说的视角为文本提供吸引力。

西普和潘塔里奥（Pantaleo）也在2008年的一篇文章中指出很难确定后现代绘本所必需的特征。同年，艾伦认为，试图对绘本的后现代性进行定义会陷入二元论的困境，这本身就会违反后现代文学的特征，他指出"对传统方法的抵制为后现代绘本的发展提供了空间"。诺德曼认为，后现代绘本与传统文学之间的共同特征和差异同样重要，这是后现代绘本的悖论，尽管它们受到后现代主义的影响，但它们通常会返回更为传统的视角。关于后现代绘本的读者问题，艾伦认为尽管后现代绘本的乐趣可能吸引了许多年龄段的人们，但似乎大多数人仍将儿童作为他们的主要受众：“我们普遍认为绘本中双重读者（成年人和儿童）的身份是后现代绘本的一个典型特征。它们对年龄较大的读者（青少年和成年人）的吸引力在于其具有讽刺意味和质疑性，但他们仍然通过公开的嬉戏来保持对幼儿的吸引力。”

后现代绘本的研究和批评在理论框架下梳理其出现的现象和原因，试图找到定义这种绘本的标准和方式。但是试图定义本身就违背了后现代的特征。我们在童书市场中确实可以看到这种富有后现代精神的绘本存在。比如我们耳熟能详的《三只小猪》，在传统的故事情节中，有一个无所不知的叙述者扮演着上帝视角来讲述这个故事，从头到尾以一种线性模式进行讲述，并得出一个清晰、乐观的解决方案。插图和文本协同工作，重新选择和扩展彼此的意思。画面元素设计有前景、中景和背景空间，大部分动作发生在中景。这种叙述方法和插图的组织形式不仅适用于我们熟悉的民间故事，而且适用于大多数绘本。芭芭拉・基弗等学者的研究支撑了上述观点。大卫・威斯纳（David Wesner）在2002年因改编绘本《三只小猪》而获得凯迪克金奖。这个故事的叙述在本质上和原故事是不同的。不仅故事内容和细节元素发生了变化，而且底层结构和符号代码也发生了变化。故事并不是以一个线性模式进行的，插图有时与文本矛盾，而不是支持文本。书页成为故事的元素，而不是文字和图片的被动背景。你可以看到这个故事中的三只小猪将原本的《三只小猪》的书页踩在脚下或者叠成纸飞机，从而形成了典型的自我指涉性和互文性。传统的《三只小猪》成为新的《三只小猪》中的一条叙事线索，而不是全部的叙事内容。绘本中的图像被设计成五个潜在的空间：背景、中景、前景、存在于书页之外的空间（页面和读者之间的空间），以及每个页面后面和周围的空间。这本书中发生了一些相当戏剧性的变化。绘本《三只小猪》体现了儿童文学在过去

30 年里一直存在的一种趋势，那就是作家和插图画家，如约翰 · 伯恩汉姆、珍妮特和艾伦 · 艾尔斯堡、克里斯 · 范 · 奥尔斯堡、简 · 布雷特、克里斯 · 拉斯卡、乔恩 · 斯奇卡和莱恩 · 史密斯等人一直在思考的问题：如何创新传统的绘本形式。这些作者不断尝试在他们的作品中挑战传统的叙事结构和叙事技巧，他们打破读者的固有印象，要求读者参与，并提出了关于什么是真实的问题。当这些书出版时，儿童书评家们注意到了这些变化，并且认为类似的主题在这些绘本和被指定为后现代的成人文学中都有发现。

第五节　儿童绘本与艺术家书籍的跨界

2012 年，贝克特说："一些最具创新性的跨界绘本属于'儿童艺术家书籍'。'艺术家书籍'被称为'20 世纪典型的艺术形式'。"书籍历史学家们就艺术家书籍何时出现存在分歧。如里昂认为艺术家以书本形式为数千年来的作品（埃及的纸莎草纸，中国的卷轴和早期的手稿）贡献了图像、设计和书法。许多学者如克莱夫 · 菲尔波特（Clive Philpot）、露西 · 利帕德（Lucy Lippard）等，进一步讨论了艺术家书籍的定义。最简洁的定义是乔安娜 · 德鲁克（Johanna Drucker），在 1995 年出版的《世纪艺术家的书》中提出的"作为正式艺术品创作的书"，她的讨论重点是与艺术家书籍相关的"活动领域"："如果把所有构成艺术家书籍的元素或活动都描述为一个领域，那么就会出现一个由它们的交叉点构成的空间，一个活动区域，而不是一个通过评估作品是否符合某种严格标准的类别体系。这些活动有很多：印刷、独立出版、书籍艺术、概念艺术、绘画和其他传统工艺、政治动机的艺术活动、传统和实验性的表演、具象诗歌、实验音乐、计算机和电子艺术，最后但仍十分重要的：传统的插图书，即'艺术家书籍'（livre d' artiste）。”

因此，一本艺术家书籍可以由图像、文字、印刷品、照片、不寻常的纸张和各种材料组成。剪贴簿、专辑甚至礼品簿都具有这些特征。英国维多利亚和阿尔伯特博物馆的网站对艺术家的书作出了如下解释：“艺术家书籍是艺术家创作或构思的书籍。由制作书籍的优秀画家和专门在该媒介中创作的艺术家，还有插画师、印刷师、作家、诗人、装订师等共同工作或独自创作的艺术家书籍。许多艺术家书籍都是自行出版的，或者是由小型出版社、艺术家团体或集体制作的，通常是限量版。”

1993 年，西蒙・福特（Simon Ford）在论文中汇编了 25 种不同的艺术家书籍定义。邓肯・查佩尔（Duncan Chappell）、玛丽・迪尔（Mary Dyer）和安妮・希本（Anne Hibben）试图为艺术家书籍的概念创建术语分类法。尽管“艺术家书籍”一词的定义尚无共识，但毫无疑问，艺术家书籍提供了商业绘本范围之外的新思维和尝试。它在格式和设计方面的创新实验使书籍成为艺术品，有时也被称为“物态书籍”或“书籍性物体”。它质疑传统书籍的结构、造型、形式语言、材料和叙事方法，并从艺术的角度进行了更加多样化和深入的尝试。

一、艺术家书籍的发展

艺术家书籍出现的时间要远远早于 60 年代。英国诗人、画家和雕刻家威廉・布莱克于 1794 年创作了《纯真与经验之歌》（图 4-6 至图 4-8），这本书使用了布莱克称为照明印刷的技术将文本和图像结合起来。这是布莱克发明的一种新的印刷方法：用金属板上的清漆反向设计作品，然后用酸腐蚀金属板，产生浮雕印刷表面，这本书使用棕色墨水印刷并手工着色。当时布莱克只制作了少量的复制品，并私下卖给朋友和收藏家。尽管有儿童读者喜欢这本书，但是就像大英图书馆在介绍这本书的网页上所说：这部作品是关于纯真与经验的，但并不是针对纯真的读者的。

图4–6　《纯真与经验之歌》，威廉·布莱克，1794

图4-7　《纯真与经验之歌》，威廉·布莱克，1794

图4–8 《纯真与经验之歌》，威廉·布莱克，1794

19 世纪末 20 世纪初，维也纳分离派和维也纳讲习班的艺术家们重新思考了儿童书籍。维也纳讲习班的宗旨是将美术和应用艺术结合起来，他们创造了各种设计精美的物品，包括书籍。成员们尝试了在格式、页面布局、排版和图文关系等方面的多种可能。这些作品展示了广泛的书籍艺术中技术的可能性，包括光刻、木刻、模板等。特别值得注意的是《格拉赫青年图书馆》（*Gerlachs Jugendbucherei*）系列，从 1901 年到 1920 年，这套著名的系列共出版了 34 卷，每一卷都是由不同的艺术家绘制的。《尼伯龙根之死》（*Die Nibelungen*）（图 4–9 至图 4–11），于 1909 年作为第 22 卷出版，是体现维也纳讲习班发展趋势的一个很好的案例。卡尔·奥托·切斯卡（Carl Otto Czeschka）是维也纳分离派的杰出成员，也是维也纳讲习班的设计师，他负责这本书的插图和文本设计，这本书的内容是从弗兰兹·基姆（Franz Keim）的古代骑士荣誉故事改编而来的。《尼伯龙根之死》是一本相当谦逊的小书，朴素的封面中并没有提供给读者丰富的信息。但这本书内页中的插图十分精彩，六十七页的内文有八张用蓝色、红色、黑色和金色印刷的双页版面，文本是用哥特字体写的，所有的页面，无论它们是否包含文本或插图，都由一个装饰性的边框构成。这个引人注目的边框突出了位于白色背景中心的图像。一种仪式感和华丽的气氛支配着插图，这使人联想起拜占庭的意象，这也是奥地利艺术家斯塔夫·克里姆特（Gustav Klimt）的作品特点。《尼伯龙根之死》被认为是当时流行系列中最好的作品，也是新艺术插图书籍中最好的例子之一。

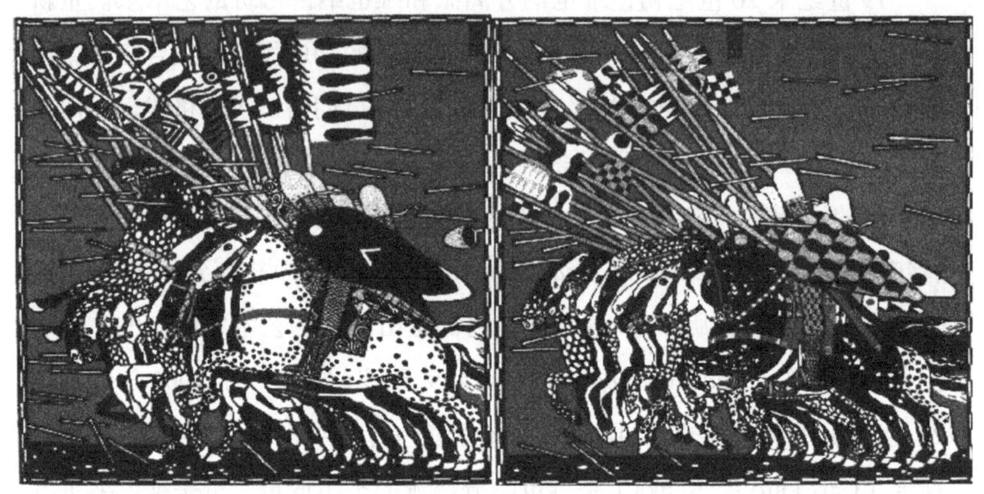

图4–9 《尼伯龙根之死》，卡尔·奥托·切斯卡，1909

图4–10 《尼伯龙根之死》，卡尔·奥托·切斯卡，1909

图4-11 《尼伯龙根之死》，卡尔·奥托·切斯卡，1909

20 世纪初，画家、雕塑家和设计师对儿童读物的兴趣越来越大，导致了一些非常具有革命性的绘本出现。1919 年由法国画家和插画师埃迪·勒格兰德（Edy Legrand）创作和绘制的《马考与科西嘉》[*Macao et Cosmage*]，或《幸福的体验》[*The Experience of Happiness*] 被认为是儿童绘本历史上非常重要的书籍之一。《马考与科西嘉》是画家职业生涯初期完成的作品，当时只有 18 岁。勒格兰德的作品从那些 20 世纪早期的“插画黄金时代”的浪漫主义作品中剥离出来，它的重要意义就在于风格不同于那个时代其他代表人物如拉克姆、埃德蒙·杜拉克和凯·尼尔森的作品。《马考与科西嘉》共收录五十四幅整版版画，在绘制过程中，艺术家用手涂抹亮丽的颜色，形成鲜明的视觉意象。这本书是革命性的，原因有很多，最明显的原因是传统文本——图像关系的逆转。文字非常的少（有一些页面中根本没有文字），主人公占据着具有叙事功能的插图主体。另外，极具艺术化的手写体文字也成为插图元素中很重要的组成部分。一些页面由一个完整的跨页图像组成，有一些则由两个不对称的图像构成。《马考与科西嘉》打破了20世纪早期的标准出版惯例。它是一个正方形的尺寸更大的书，相比传统的矩形图书，它在那个时候显得非常与众不同。与那些当时常见的，在优良纸张上印刷精致图像、装订考究的昂贵书籍不同，勒格兰德的书籍在普通的打印纸上进行了大胆的插图尝试，而且它也十分便宜。这本书是为不同阶级背景的孩子们制作的高品质书籍的早期尝试。

在20世纪初，许多来自不同国家的先锋艺术家们在寻找那个时代的创新风格。俄国先锋派艺术家和设计师艾尔·利兹斯基（El Lissitzky）与卡西米尔·马列维奇（Kazimir Malevitch）在维特布斯克（Vitebsk）教书时设计了绘本《关于两个方块》（*About Two Squares*），（图4–12至图4–13）。此书1922年在柏林出版，《关于两个方块》是一次绘本与艺术宣言的融合，它把至上主义应用在平面设计艺术中。利兹斯基在1926年出版的《我们的书》中写道："书籍被称为最不朽的艺术作品……通过阅读，我们的孩子已经获得了一种全新的、透彻的语言，不同孩子的成长对于世界、空间、形态和色彩的认知有所不同，他们一定会再去创造一本书籍。"利兹斯基自己已经开始为新的时代去创作革命性的、具有新的视觉特征的、考虑到大多数群众需求的书籍。可矛盾的是，利兹斯基希望能与所有人沟通的、简化抽象的叙事意图却被看作精英化的作品形态。

20世纪50年代，另一位在西方十分具有影响力的意大利著名设计师布鲁诺·蒙纳瑞（Bruno Munari）开始通过艺术手段和平面语言为孩子创作一些特殊的作品。被毕加索称为"新'达·芬奇'"的艺术家布鲁诺·蒙纳瑞在20世纪的编辑界有着重要的影响力。他是一位画家、雕塑家、设计师、玩具制作者、建筑师，还是一个跨越成人和儿童书籍的插画师和作者。1930年，作为一个年轻的艺术家，蒙纳瑞开始设计书籍，他曾用罐头金属制作了一本极具未来主义感的图书实验作品。蒙纳瑞无法停止去发现和质疑常规的做法（装订、页面标准、顺序结构等），只为不断尝试新的书籍形态和构造。很多艺术家对于童书的热情都源于自己孩子的出生，蒙

图4–12　《关于两个方块》，艾尔·利兹斯基、卡西米尔·马列维奇，1922

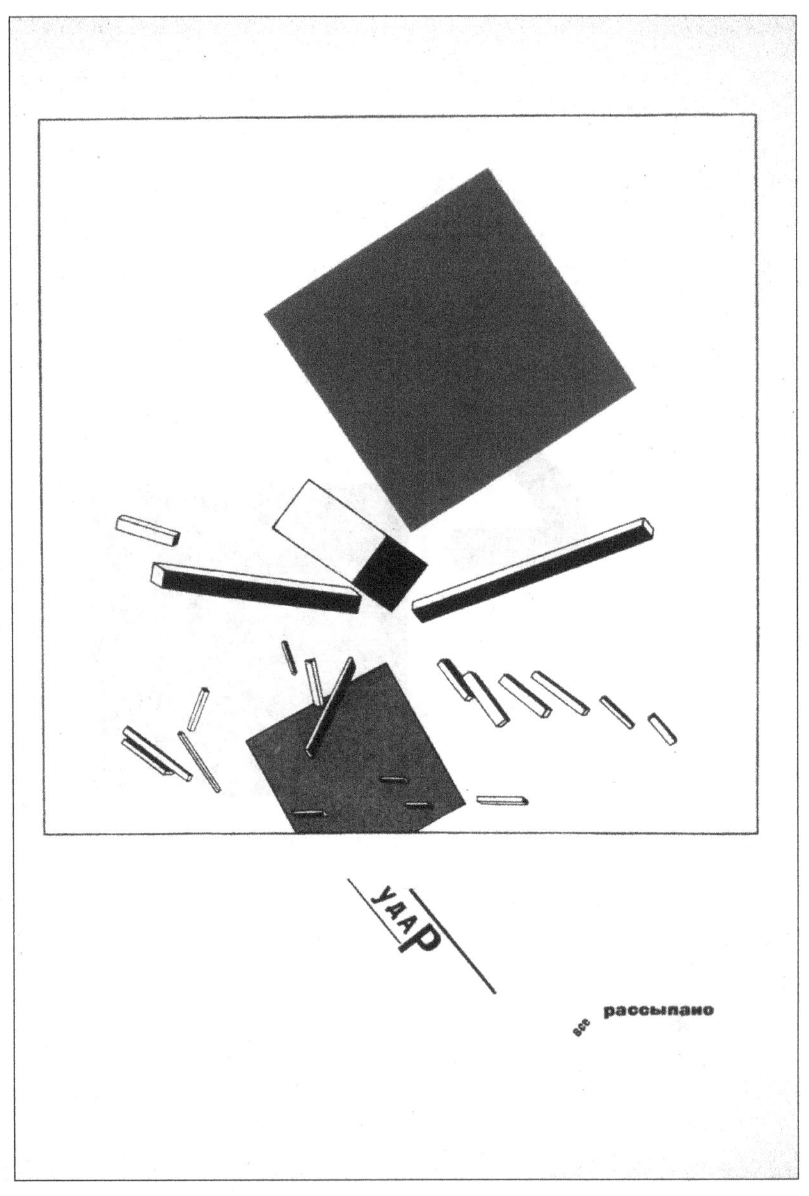

图4–13 《关于两个方块》，艾尔·利兹斯基、卡西米尔·马列维奇，1922

纳瑞也不例外，在他的儿子出生后他开始手工制作童书，之后他又创作了一系列极具实验性的书籍，包括1956年出版的《在黑暗的夜晚》（*In the Darkness of the Night*），1968年出版的《雾中马戏团》（*The Circus in the Mist*）等，这些童书不仅得到了儿童的喜爱也得到了父母的推崇。直到现在很多艺术家也从未停止创作和设计艺术家书籍，很多作品都打破了儿童和成人读者的边界，艺术家书籍为儿童绘本提供了更多艺术实验的可能，越来越多的商业性儿童绘本中呈现出打破常规的实验性尝试，以及兼具玩具性和艺术精神的书籍形态。

二、艺术家书籍与绘本的关系

贝克特在其 2012 年出版的专著《跨界绘本》中讨论了艺术家书籍的发展历程、形态特征，以及艺术家书籍与儿童绘本之间的关系。贝克特从“书籍游戏、无文字书籍、材料性书籍、纸雕书籍、书籍雕塑、风琴式书籍、壁画书籍、物态书籍”等方面分析了艺术家书籍的独特面貌及其与绘本的交叉性。艺术家书籍对当代绘本产生了非常重要的影响。2017 年，乔安娜·德鲁克（Johanna Drucker）通过“可移动功能”讨论了艺术家书籍和儿童绘本之间的关系，她认为：

> 艺术家书籍和绘本源于不同的冲动，具有非常不同的谱系、概念范畴和受众。但是它们对创新的结构、不寻常的材料以及以书籍为对象的想象力参与有着共同的兴趣。两种形式都使用符合惯例的表现方法（格式、设计、图形、排版等），并发挥了装订书籍作为视觉传达的一种表达手段的潜力。

贝克特认为，艺术家书籍是对儿童绘本的跨界尝试，它打破了父母与孩子之间的界限，打破了书籍的结构、形式以及内容本身的固有状态。尽管生产成本高昂、不适合大批量生产、易碎且不易保存，这些问题限制了艺术家书籍在公众中的影响和传播，但正如贝克特所述：

> 儿童欣赏这些作品的趣味性、互动性，而成年人则欣赏艺术家的独创性。艺术家书籍为各个年龄段的读者提供了具有卓越美学品质的兼具创新性和挑战性书籍。

艺术家书籍的独特形式、打破常规的艺术理念、充分的创意和十足的想象力为绘本的创作和出版提供了一种全新的方式，在当下的儿童绘本中，我们还很少能看到完全属于艺术家书籍形式的绘本。但是以立体书、纸雕书为代表的多种开本和装订形式的书籍已经出现，并从一定程度上折射出艺术家书籍的特质。或者我们可以期待有更多从书籍形式上做出创新的儿童绘本在未来的童书市场中出现，并且这些书籍所提供的游戏性和交互性也体现出一定的后现代风格。

第六节　信息类绘本

尽管所有的绘本中都包含信息的传达，但是信息类绘本仍旧具有更强的识别属性。信息类绘本往往也被称为知识类绘本或者百科全书类绘本，相较于一般以故事和叙述为主的绘本，这类绘本的主要目的在于知识和信息的讲述和传递，关注绘本的知识教育目的。2008 年，米歇尔（Mitchell）在讨论图像理论的时候提到了“图像转向”，一些学者如德雷桑（Dresang），在讨论信息类绘本时认为，信息类绘本也体现出图像的转向。这一转变不仅标志着印刷页面上视觉材料的增加，还标志着文本与图像之间关系的认知转变，信息类绘本从根本上改变了知识的构成、理解和交流的方式。

在当代社会，网络和社交媒体对传统媒体（印刷媒体和电视媒体等）产生了极大的冲击，儿童有机会通过各种屏幕上的交互功能获取信息。很多学者和父母对儿童过多地使用电子产品而担忧，这同时也为传统出版行业提出了更多的挑战与机遇。很多出版物在体裁、表现形式以及使用的印刷材料、装订形式等方面融入更多的交互体验和艺术尝试，即便是枯燥的信息传达，优秀的绘本也会尽可能通过有趣的图像和富有幽默感的语言来吸引儿童的注意并让他们融入其中。尼古拉·冯·默弗尔特（Nikola von Merveldt）于 2017 年指出，信息绘本的特征是“它们不仅存储数据，而且使用文本和视觉代码选择、组织和解释事实和数据——信息绘本会借鉴在历史和文化背景中与内容相呼应的叙述方式和表现形式——使感兴趣的专业读者也可以理解这些内容，从而在智力和情感上吸引读者”。近些年来，信息类绘本作为一种非虚构类题材的绘本，其出版数量增长很快。2018 年 1 月，《出版商周刊》（*Publishers Weekly*）报道说，青少年非虚构类作品数量是去年增长最快的领域，增长了 8%。该领域取得成功的原因很多，通过视觉和用文字讲故事的方式将知识带给儿童，为读者和制作者开辟了新的世界。信息类绘本越来越与丰富精美的设计和装帧制作结合在一起，这些创新的融合带来了非虚构类绘本的黄金时代。很多插画师或者作为唯一作者，或者与科学家、历史学家、动物学家或地理学家合作创作绘本，都为信息类绘本营造了良好的发展机遇。信息类绘本和非虚构类绘本在内容上有交叉，非虚构类并不意味着非叙述或者非故事类绘本，有一些名人传记或者动物介绍类的绘本依旧会采用故事性的描述方式，但是这种故事性往往是基于事实或准确的知识内容，其强调的重点在于非虚构的、真实信息的传达。

虚构性的绘本有时也可以传达真实信息，比如在一些绘本中，其情节和人物可能是虚构的，或者是根据某一个传统故事或者民间传说改编的，但是这种虚构和改编往往是基于一定的历史背景或者地理环境来设置场景和人物的形象，读者也会从这种设置中获得一定程度的真实信息。例如中国近几年来比较火热的对于《山海经》的绘本化，或者插图的再现风潮，尽管《山海经》中的形象皆来自传说与虚构，但是书中的文字和图像描绘却可以让读者进一步了解这本上古奇书的信息内容。信息类绘本是一个宽泛的范畴，但是如果把所有绘本都列入信息类绘本未免不够谨慎。区分信息类绘本与其他绘本最关键的点在于：是否以信息或者知识的获得为主要目的。比如一些叙事类绘本的主要关注点在于情感的传达或者与读者共情，但是信息类绘本的关注点在于借助文字和图像的描绘来吸引读者，从而传达准确的信息和知识。这其中包括多种形式和表现手法的结合，作者往往希望以更富有游戏性和愉快感的方式将知识和信息传达给儿童。比如 DK 的百科全书系列，它用生动的图像将复杂的信息简单化，以更适合儿童的阅读。系列绘本《小女孩，大梦想》（*Little People, Big Dreams*）用可爱生动的插图形象讲述了几位历史中卓越女性的故事。波兰作者亚历山德拉·米热林斯卡和丹尼尔·米热林斯基的《地图》系列用插图的形式将地理知识传递给了小读者们。中国原创绘本中也有很多优秀的案例，它们将历史信息、科学知识以及古诗文等内容以绘本的形式传达给观众。在信息类绘本中我们可以看到教育与绘本结合的优秀形式，可以看到知识的另一种诠释方式。作者和编者通过出色的想象力和精心的编排与创造，让学习和获取知识的过程变得更加有趣和好玩。知识不再以严肃和有距离感的方式呈现在小读者面前，学习也变得生动而愉快。

第七节　数字绘本

数字媒体已经成为我们日常生活中不可或缺的一部分，但是关于儿童接触数字媒体的探讨仍旧有很多不同声音，即便数字绘本的形式已经出现并有了雏形，但是它正以一个谨慎而备受争议的态势发展。相比之下，父母更能接受“听书”的形式，这让儿童既能享受到电子媒介的便利以获取信息、知识和娱乐，又控制了儿童的“屏幕时间”。这种对于儿童使用电子产品的担忧在父母日常的讨论中很常见。包括担心儿童的视力下降，担心儿童被动接受信息而丧失思考的能力，以及担心电子产品对于儿童大脑认知和运动技能发展的潜在影响等。科克萨·葆拉（Cocozza Paula）、索尼娅·范·吉尔德（Sonia van Gilder）等学者的调查支持了上述结论。自2009年8月生产出第一款用于移动设备的绘本应用程序“惊奇”（“The Surprise”由 Winged Chariot Press 推出）以来，公众媒体广泛关注此问题，并对这种新形式进行了一些初步研究，美国儿科学会的建议是：“对于2岁以下的孩子，不应有使用电子屏幕的时间，而对于年龄较大的孩子，每天的使用时间应不超过2小时。”

尼克松（Nixon）和哈特利（Hateley）于2013年对电子阅读进行了讨论，他们认为这个研究领域的知识刚刚出现，它的初始语言还未被建立。这些通过屏幕显示的绘本被称作电子绘本、E-绘本、数字绘本、绘本应用程序或交互式故事应用程序等。但这些称呼都不是完全令人满意的，因为作为学术用语，它们都过于烦琐，因此急需开发出一种共通的术语系统。库尼中心（Joan Ganz Cooney Center）一项研究指出，儿童看纸质书时记忆更好，因为电子书会分散孩子们的注意力。这是根据32组3—6岁儿童与父母一起阅读相同内容的电子书和纸质书的表现得出的结论。但是，研究还表明，儿童与电子书的互动更多，特别是在独自阅读的过程中他们更容易被这种互动所吸引。盖伊·默特（Guy Merchant）对幼儿与 iPad 故事的互动进行了详细的研究。他总结出在屏幕阅读的过程中多个动作和交互行为交织在一起的方式。他仔细地把平板电脑作为一种物质对象，提取了与平板电脑使用有关的手部动作的类型：稳定运动——动作保持或平衡在膝盖或其他表面；控制运动——普通敲击、精确敲击，滑动和拇指按压；指示运动——

指向屏幕内容的手势；拖动运动——按住屏幕上的元素进行移动的动作。值得注意的是，他的实验场景还包括成年人的帮助。将电子阅读的动作与阅读纸质书所需的手部动作进行对比是很有指导意义的，即便先不考虑我们阅读的内容（文本、图像等），电子阅读改变了我们的阅读行为和体验，相对于传统的静止性阅读，电子阅读调动了我们更多的运动和行为。德·克尔克霍夫（De Kerckhove）指出纸质书中词汇的卓越品质：它们是平静的，一本书就是文字的安息之所。的确如此，印刷的页面是唯一一个单词休息的地方。在其他地方，它们都在移动：当你说话时，当你在屏幕上看到它们时，当你在网上看到它们时，单词都在移动。但一本纸质书是一个宁静的地方。

在最近的绘本研究中，很多学者开始强化印刷书籍的物质属性，他们指出书籍的物质属性彰显了绘本的简洁性和审美品质，比如开本的大小、书籍的结构和双页布局等。而一个应用程序的物质特性则是模棱两可的。米勒（Miller）在 2013 年的一项研究指出，在与印刷书籍的接触中，读者首先注意到的是封面的不同，而应用程序首先看到的是图标，有时伴随着一个被缩减了或断断续续显示的标题，它们同时出现在设备的主屏幕上。行业杂志例如《出版商周刊》上发布的销售数据分析表明，人们越来越意识到书本的物理属性的作用，并越来越关注其材料的重要性。尽管我们投入了很多的热情和精力在儿童电子读物的开发上，比如虚拟现实技术和增强现实技术以及人工智能等越来越多地被应用到儿童电子读物的开发上，而且很多儿童也的确沉迷于这种具有交互性和游戏性的阅读体验中，但是对这种阅读体验的担忧是有道理的，我们需要更多的理论研究和批评来讨论在儿童绘本、儿童读物领域中出现的屏幕化现象。这里让我们借用尼尔·波兹曼在《娱乐至死》中提出的一系列问题：

> 什么是信息，它有哪些不同形式？不同的形式会给我们带来

> 怎样的精神作用？信息和理性之间的关系是什么？什么样的信息最有利于思维？不同的信息形式是否有不同的道德倾向？信息过剩是什么意思？我们怎么知道信息过剩？崭新的信息来源、传播速度、背景和形式要求怎样重新定义重要的文化意义？……

尼尔·波兹曼援引赫胥黎在《美丽新世界》中的警告："人们感到痛苦的不是他们用笑声代替了思考，而是他们不知道自己为什么笑以及为什么不再思考。"波兹曼试图提醒大众，"我们将毁于我们所热爱的东西。"

第五章

儿童绘本的文化本源性探究

第一节　中国绘本中自身文化内容的传达状况和讨论

根据联合国儿童基金会2015年对中国1%人口的最新抽样调查，中国3—5岁的儿童有4983万，占中国总人口的3.6%，调查中将3—5岁的儿童确定为学龄前儿童。由于人口众多，因此也存在大规模的教育需求。年轻父母越来越重视教育，这种对教育的重视在中国图书市场上表现得非常明显。根据2019年第一季度（1—3月）中国儿童图书市场研究报告，中国图书零售市场总规模894亿元，其中儿童图书占25.31%，儿童图书发展迅猛，从20年前的倒数第二位上升到如今的第一位。在儿童读物中，儿童文学排在第一位，卡通、漫画和绘本销售总量排在第二位，占27%，而中国传统文化内容仅占大约4%。同时，漫画和绘本的销售增长率是最高的。但是，这其中有31.48%的儿童读物是外国作家创作的。美国的引进作品总量排名第一，英国的进口作品总量位居第二。儿童绘本的市场份额正在扩大，这凸显了儿童教育的需求。尽管中国的原创绘本在最近两年有了迅速的增长，并出现了很多优秀的作品和作者，但是在儿童绘本类别中，外国作家的引进作品仍旧占市场份额的50%。

从数据可以看出，目前中国父母非常重视孩子的教育，但另一方面，也反映出具有中国视觉文化特征的内容在童书市场上并不突出，中国原创绘本的出版数量在市场上没有优势。阅读是儿童获取知识的重要渠道，儿童读物的内容和形式会影响儿童在这一阶段的认知能力和文化接受度。

外国作者的作品其中一部分内容是基于自己民族的文化、传统或当代性来进行故事的叙述以及图像的表现，这种基于自身民族和文化基因的创作有助于中国儿童了解其他民族和群体的生活，从而在对比中建立对自身文化身份和其他文化群体的认知，并通过视觉形象和符号的感知体会到多元文化的内容和差别。但是，这些作品是否清楚地表明了它们与中国文化内容的区别，例如故事发生的国家、年代和社会背景，让孩子们知道这是另一个国家和群体发生的故事，从而区分并建立对这一群体的文化印象并进一步了解自己的本源文化？肖特（Short）和福克斯（Fox）2003 年的研究认为，界定文化不仅是对特定群体的传统、手工艺和生活方式的简单理解和欣赏。尤科塔等人的研究认为，由于绘本是儿童学习与深入了解文化多样性相关的基本概念和态度的有效教育工具，准确表达、文化真实性和对刻板印象的敏感性是儿童面临的主要问题。2013 年，毕肖普（Bishop）特别解释了儿童文学的真实性可以从两个方面来定义：一是作者选择强调的文化、自然或社会环境反映了特定文化背景的世界观；二是验证文化群体成员的语言和日常生活细节。

角色的文化背景与孩子自己的背景之间的一致性可以对孩子的自尊产生积极的影响，并可以减轻社会文化偏见和刻板印象的影响。因此，儿童需要并且应该获得反映自己文化的书籍，并为定义自己、理解其在家庭和社会中的发展角色提供支持。

1993 年，伊达尔戈（Hidalgo）介绍了文化的三个层次：具体的、行为的和符号的。对文化最直观、最切实的理解始于具体的层次：由服装、音乐、食物、游戏等维度表示。伊达尔戈提出的第二种文化，即行为文化，这与我们的社会角色、语言、仪式和非语言交流方式有关。由于我们的行为反映了我们的信念和价值观，因此文化的行为层面与最高的文化象征（包括价值体系、习俗、世界观）紧密相关。班克斯（Banks）1997 年的研究认为，符号是文化体系中最抽象也最难以理解的层次，但是这个层次对于我们对世界的理解和解释是必不可少的，这在儿童的多元文化教育中也是需要加以重视的，这可以让儿童从不同角度看待世界、概念和问题，并赋予他们知识、方法和态度。莫伟民和沈文菊 1997 年发表文章指出，文化本源性是指非刻板印象的表达，正面而积极的形象，不使用贬义性的语言，准确的历史信息和文化细节，并且将文字和插图准确并契合地结合在一起。举例来说，他们并不认为一张历史照片的背景就会让一本书的文化语义是准确而具有本源性的；同时他们也指出本源性的本质并不一定要与固有的文化印象相联系；进一步来说，文化的本源性应该是对于该文化和现象的准确而适宜的解释和传达，并且能够被这些文化群体中持有不同价值观和观点的人们所接受。

尽管在目前的儿童绘本中有很多关于中国传统文化或历史内容的作品，但是这其中仍旧有很多对于该内容的误读或者与亚洲其他文化和符号的混淆。比如对于一些民间传说和故事的改写错误等。

在对于文化本源性的讨论中，通常还存在一个内在解读和外在解读的比较。就中国绘本来说，即由外来作者和插画师创作的基于中国故事和文化元素的作品与由中国本土作者和插画师创作的作品对比。玛格丽特·张（Margret Chang）在 2002 年的一项研究中意识到，欧洲作家和插画家已经创作了半个世纪的中国故事。这些西方创作的版本声称自己是真实的中国故事，而没有引用原始故事。而且，这些书都带有“中国风”，这是一种通过简单地在故事中添加一点中国风味来用最狂野的想象力描绘现实的奇特方式。比如在西方作品中经常使用扎辫子的男人形象来指代中国古代任何时期的男人的形象，尽管男人扎辫子这种情况只存在于清代。

日本学者濑户（Seto）认为，由没有共同文化的人定义我们，重写我们的历史、我们的文化，甚至我们的语言，是没有意义的。这种关于作者的文化身份的讨论一直以来被关注着。其他一些学者如史密斯（Smith）、哈里斯（Harris）则认为，只要文化信息正确，经过了适当研究，真实且具有本源性，外来作者依然可以成为多元文化的中立创造者。关于作者文化身份的讨论归根结底是关于文化本源性和真实性传达讨论。即这些作者和插画师是否有能力对文化内容和符号做出适当的解释和表达，并且能够为儿童所理解和接受。外国作者和本土作者对于同一主题的表现和传达是不同的，这在儿童绘本中主要体现在语言的使用、故事结构的组织和视觉的表现上，其中视觉表现的内容中主要体现为人物形象的塑造以及使用的技法是否与主题的文化性相适合。举例来说，同样关于中国传统故事花木兰，迪士尼出版过一本关于花木兰的绘本，这本书是与其动画电影的创作相辅相成的，使用了动画中的人物形象和表现风格，这其中不乏对中国元素的开发和使用，但是也不免有关于中国文化的刻板印象，比如花木兰是一个丹凤眼吊眼梢的形象，所使用的媒介是数字绘画；中国作家蔡皋也创作过一本关于花木兰的绘本，绘本以画面描绘了《木兰辞》的内容，绘本的文本尊重了《木兰辞》的原始文字，并以具有古趣的色调和人物形象表达了对于这个历史故事的视觉印象。视觉形象作为一种符号化的文化方式，其营造的画面氛围和信息会潜移默化地影响孩子的认知，包括对自身文化和形象的感受。麦克卢汉 1967 年时曾经提出过著名的“媒介即信息”理论，他认为媒介最重要的作用是影响我们的理解和思考习惯。当我们的孩子受到大量西方视觉文化的刺激时，他们不仅会在一定程度上从概念认知的角度接受和识别它们，而且还会习惯西方的视觉传达方式。

另一方面，作者的身份并不能完全代表作品的文化本源性。比如中国目前的绘本创作中，很多作品模仿和借用了迪士尼或者日本漫画的风格和形象，即便作者是本土的，故事内容是中国的，文字的表述是母语化的，但是图像的内容却并不能准确地表达中国的视觉文化内容，这并不是说一定要刻意地使用传统的符号和形象来宣传传统文化。找到恰当的视觉表现方式和表现媒介是中国儿童绘本创作中需要考虑的问题。

在中国的儿童绘本的创作中，视觉形象作为文化层级中“符号”的一种形式，对于儿童认知发展以及对自己本源文化的理解和感知，具有重要和积极的意义。真实而具有本源性，不带刻板印象的视觉传达内容对于儿童确立自身的文化身份和文化自尊起到了重要的作用。绘本作为儿童阅读和学习的重要媒介，其故事结构、语言和视觉形象需要恰当而准确地传达自身的文化信息。

那么如何理解我们本民族的视觉文化，如何界定从文化到视觉文化再到中国传统视觉文化的范畴?

第二节　关于视觉文化

在讨论中国传统视觉文化之前，有必要先讨论“视觉文化”的定义。海伍德（Heywood）和桑迪韦尔（Sandywell）在 1999 年出版的《视觉文化手册》中指出，20 世纪 70 年代末以来，在人类自我反思的历史中，已经对视觉文化的视野进行了全面的讨论。米歇尔在他 1995 年关于视觉文化的文章中提到，“视觉文化”简而言之是“跨学科”的研究，而这些都是建立在“视觉文化的建构”之上的，它包括经验、媒体、表象和视觉艺术。他在《什么是视觉艺术》一文中提到了视觉文化的特定文化功能，并提出了一种包括“视觉习惯”在内的设置课程提纲的方法以及一些对各种文化进行分级或定位的方法。在 1997 年出版的《视觉文化导论》（*Visual Culture: an Introdueting*）一书中，约翰·沃克（John A. Walker）和莎拉·查普林（Sarah Chaplin）还介绍了视觉文化与社会阶层、结构和社会冲突之间的关系产生的文化因素。

马尔科姆·巴纳德（Malcolm Barnard）在他 2001 年出版的《理解视觉文化的方法》一书中将视觉文化的类别进行了区分，并将这一概念分为广义和狭义。他认为视觉文化的广义含义着重于对视觉的对立本质的研究和探索，包括在对立的文化群体中定义文化身份的各种方法，甚至是某一文化群体与其他文化群体发生冲突的方式。视觉文化的狭义含义强调了该术语的视觉方面。在某种程度上，它把人类生产和消费的二维和三维视觉对象视为文化和社会生活的组成部分，包括所有形式的艺术和设计，以及与个人或身体相关的视觉现象。

尽管巴纳德在对视觉文化的狭义解释中涵盖了所有形式的艺术和设计，但视觉文化的定义在一定程度上限制了它只针对视觉层面的内容。巴纳德强调，在视觉文化的研究中，应同时强调解释和结构的传统，例如使用符号学和图像学的方式来解读。贡布里希认为，必须先合并诸如形状、线条和颜色之类的形式元素，或者将其存在于结构中，然后才能理解它们。他认为要了解艺术家或设计师表达的想法和情感，我们首先需要了解结构。雷科（Ricoeur）1974 年发表观点认为，没有解释学的理解，就不可能进行结构分析。巴纳德就理解和解释视觉文化的方法提出了问题并组织了讨论。2002 年，盖伊·朱利耶从“设计文化”的角度质疑术语“视觉文化”的范围。他认为，尽管对“视觉文化”的研究扩大了先前的艺术史研究范围，但“视觉文化的方法在发展当代设计在社会中的文化作用方面仍有局限性”。

第三节　中国传统视觉文化的范畴与检索

历史学家约翰·托什（John Tosh）认为，如果没有对过去的了解，生活就不可能存在。从中国历史的角度来看，如果我们追溯文化史的开端，中国的仰韶文化距今已有六千多年的历史，它的主要考古实例包括新石器时期的陶器，但作为国家历史，尽管人们普遍认为中国的国家历史起源于公元前 2070 年的夏朝，但是，从考古学的角度来看，并没有实物能证明夏朝的存在。因此，从商代（约公元前 1600—约前 1046）算起，中国的历史大约有 3600 年。在这一历史过程中，通常从商代到 1840 年第一次鸦片战争开始的这段时间被称为中国的古代历史，从第一次鸦片战争到 1949 年中华人民共和国成立，被称为中国近代史，从 1949 年至今，是中国当代史。那么我们依据年代可以将仰韶文化到 1840 年间中国社会形成的视觉文化视为“中国传统视觉文化”一词的历史范畴。

中国学术界对视觉文化的研究始于 20 世纪 80 年代。潘诺夫斯基的《视觉艺术的含义》于 1987 年被引入中国并翻译。中国学者范景中讨论了以下问题：潘诺夫斯基认为，肖像学是一种从综合而不是分析中衍生出来的解释方法。如果要了解艺术品的内在含义，艺术史学者必须尽力使用与某种艺术品或一组艺术品的内涵有关的文化和历史材料来检验他对艺术品的看法。米歇尔 1995 年出版的专著《图像理论》（*Picture Theory*）于 2006 年引入中国，他提出的“图像转向”概念引起了中国当代艺术中图像理论研究的热潮。段炼在他 2015 年的专著《视觉文化与视觉艺术符号学》中讨论了中国视觉文化在符号学领域的研究发展。他建议中国学者在视觉艺术研究中应具有一种历史性的意识，在研究中国视觉艺术时，我们应考虑：“该理论所涉及的时代环境，研究人员探索该理论的历史环境以及研究人员可能提及的某个历史环境。”在之后的著作《视觉文化：从艺术史和当代艺术的符号学研究》中，他试图通过解释符号学来诠释中国古代山水画的定义、形成和境界。他以视觉文化的理论框架为研究和诠释中国传统视觉文化提供了方法。

在视觉艺术的理论框架中，解释学、结构主义和形式主义等跨学科研究方法为解释中国传统视觉文化提供了方法和思路。克雷格·克卢纳斯（Craig Clunas）在他 2009 年出版的《中国艺术》一书中认为，“中国艺术”的定义存在许多异常和矛盾之处。永远不能把它理解为稳定的、不变的组成。根据巴纳德对狭义视觉文化类别的定义，在中国古代历史中，所有人工创造和消费的视觉内容，包括绘画、雕塑、建筑、设计等，都可以涵盖在中国传统视觉文化类别中。对于绘本中中国传统视觉文化的传达我们也可以从以下几个方面进行思考：谁在解释视觉文化，如何解释视觉文化以及如何将这些视觉文化传达给儿童。笔者在从事插图创作时曾参与创作过两本绘本，这两本绘本是化学工业出版社出版的《这就是中国戏曲》（图 5–1 至图 5–4）和《苏武牧羊》（图 5–5 至图 5–8）。其中《这就是中国戏曲》属于信息类绘本，以向儿童传递中国传统戏曲知识为主旨，希望儿童感受到中国传统戏曲之美，所以在创作初始，编辑希望以比较写实的手法在充分尊重事实和历史的前提下，准确地传达戏曲视觉文化中的细节，比如重视戏服、道具以及人物亮相姿势的把握，再有就是对于场景、戏楼等内容的描绘以及表现。而《苏武牧羊》是一本根据中国传统戏曲故事改编的绘本，这里对于写实的要求则没有特别高，在融入戏曲的视觉元素的同时希望能够体现人物的情绪和画面的氛围，在叙事的同时考虑儿童的共情心理和视觉表现的张力。

图5–1　《这就是中国戏曲》，吴翊楠，2019

图5-2　《这就是中国戏曲》，吴翊楠，2019

图5–3　《这就是中国戏曲》，吴翊楠，2019

图5–4　《这就是中国戏曲》，吴翊楠，2019

图5–5　《苏武牧羊》，吴翊楠，2019

图5-6 《苏武牧羊》，吴翊楠，2019

图5-7　《苏武牧羊》，吴翊楠，2019

图5-8 《苏武牧羊》，吴翊楠，2019

第六章

儿童绘本的视觉文本和设计文本

视觉叙事的概念是基于符号学和图像理论的研究才形成了现有的研究方向和思路。冈瑟·克雷斯（Gunther Kress）和西奥·范·列文（Theo van Leeuwen）在1996年出版的专著《阅读图像：视觉设计语法》（*Reading Images: The Grammar of Visual Design*）中提出了视觉设计的多模态分析的理论框架，该理论框架在之后由克莱尔·帕因特（Clare Painter）、詹姆斯·R.马丁（James R.Martin）和莱恩·恩斯沃斯（Len Unsworth）、约翰·贝特曼（John Bateman）、阿森西奥·杰斯·莫亚·吉亚罗（Arsenio Jes Moya Guijarro）做了进一步阐述。这些研究为我们进一步探讨绘本中的视觉叙事的方法提供了理论基础。无论是关于（后）现代绘本的日益成熟、双重观者和跨界绘本的讨论，还是具有挑战性和有争议的绘本的出现，这些理论的梳理都对绘本的探索提供了更多元化的方法。

约瑟夫·舒瓦兹在他1982年的著作《插画家的方式：儿童文学中的视觉传达》中创造性地讨论了绘本中图像的叙事方法。简·杜南、索尼娅·兰德斯（Sonia Landers）和威廉·莫比乌斯（William Moebius）还提供了绘本中图像研究的方法，包括对图像中所包含的空间和运动的分析。一些学者如卡塔拉诺（Catalano）还采用“视觉文本”的概念来涵盖绘本中的“图片亚文本和设计亚文本”两个方面，其中“图片亚文本”指的是绘本中的叙述性插图或图像，包括它们在页面上的顺序和位置的安排等内容，而“设计亚文本”指绘本中图像质量的范畴，包括字体设计、图形和装饰元素、书的尺寸和方向、装订方式和书籍结构设计等。

第一节　视觉文本与图像的解读

绘本中的视觉图像既融入了设计语言也融入了艺术语言。很多艺术家在职业生涯中都有过绘制插图的经历，所以如果将绘本中的图像放入艺术的范畴来解读似乎也未尝不可，但是绘本中的图像往往承担着一种功能，这种功能体现在对情节的叙述、对场景的描绘、对情感的传达等方面。常规的绘本还会具有商品的特征，所以如果从这个角度来看，绘本中的图像又应该放到设计的框架中去解读。

我们可以先看看在艺术领域中已有的对于图像的解读方式。贡布里希在他的著作《艺术与错觉》（*Art and Illusion*）中，阐明了艺术家在描绘物品时其自身的先验知识对于作品呈现的影响，而艺术家的先验知识不仅来自真实世界的内容也来自其他的视觉意象。米克·保尔与诺曼·布莱森详细阐释了符号学在艺术史中如何应用的问题。他们所谓的符号学已经不是固执于文本本身的结构主义符号学，而是强调上下文与文本相互交织、相互影响的后结构主义符号学。两位学者用后结构主义符号学的理论重新解释了艺术史中的上下文（context）、发送者（senders）和接受者（receivers）的概念，否定了始终存在一个恒定不变的上下文、发送者 / 艺术家 / 作者 / 接受者 / 观众的概念，强调这些概念的不稳定性。在述及符号学理论创始者索绪尔和皮尔斯时，保尔与布莱森通过对比两者的理论，强调了皮尔斯的符号学对于艺术史研究的重要意义。符号学并非单一化的封闭学科，它涉及精神分析、叙事学和女性主义等领域。在保尔和布莱森看来，渗透了符号学的精神分析和叙事学也可以用来研究艺术史，例如精神分析中的凝视（gaze）和叙事学中的叙事者（narrator）的概念。

1973 年，罗兰·巴特在《形式的责任》中评论法国超现实主义画家曼松的作品时，注意到曼松对中国表意文字的运用。他赞叹道：美丽的书法笔触不能约简到沟通工具的地位，它们体现了拖曳着线条的姿势，代表了“震颤悸动的身体”。逻各斯中心主义认为书写仅仅是一种言语的抄写，是一个工具，中国汉字却违反了理性中心主义，汉字的直接可辨识性，是把笔触看为图形的力证。不得不承认的是，巴特对书写型艺术家的关注，对于恢复所有写作的图形性而言，是一个聪明的策略，这对于重树图形的地位是一种有意义的启示。

相对于解读图像的立场，另一些学者认为应尊重图像本身的特殊性，其观点的极端体现就是对艺术作品的“内容”或“意义”表示怀疑。梅洛-庞蒂（Maurice Merleau-Ponty）回应胡塞尔“回到事物本身”的号召，提出语言永远也抵达不了图像的本质。而米歇尔·福柯（Michel Foucault）则在 1966 年的专著《词与物》（*Les Mots et les choses*）中宣布，“话语”霸权死亡的同时解放了“物”，也解放了“图像”。苏珊·桑塔格在她 1964 年出版的《反对阐释》（*Against Interpretation*）中指出：我们面对一个单一材料的作品时，往往立即将其简化为一个理念、思想或命题的做法，是并不恰当的。她呼吁一种更缜密清晰的描述性行为，因为它可以唤起对作品的“纯粹的、不可替代的、感性的直接性（sensuous immediacy）”的注意，而不再是通过观看艺术作品去找寻一种隐藏的意义。英国艺术理论家威廉·诺曼·布列松（William Norman Bryson）是欧美“新艺术史”的主要发言人之一，他运用符号学理论而展开的艺术史研究迥异于传统的思路。他在 1986 年出版的著作《视觉与绘画：凝视的逻辑》（*Vision and Painting: The Logic of Gaze*）中说道：“人类体验到的真实，从来都是历史的产物：不存在超自然或是自然赋予的真实。”因此，图像是不能自我传递信息并被广泛理解的。“对一个确定的视觉群体来说，图像必定被理解为是对他们所了解的真实环境的表达。”

这些文献从艺术史和艺术批评的角度为我们提供了解读视觉图像的方法，但是这些方法都不是针对绘本的，玛丽亚·尼古拉耶娃和卡罗尔·斯科特在《绘本的力量》中提到了关于“谁的作品”的讨论。就常规而言，一本绘本的创作流程分为三种情况，第一种是插画师和文本作者是同一人；第二种是插画师和文本作者为两个人但是两个人合作共同参与文本和图像的制作，这其中交流的过程更充分；第三种是插画师和文本作者分开创作，在第三种情况中，一种方式是出版社确定一个选题然后分别邀请文字作者和图像作者进行创作，一般来说是文字先于图像出现，然后插画师根据文字创作插图；也有时是文字作者找到出版社来提出绘本出版的意图，然后出版社找到适合的插画师来进行创作。在第三种情况下，绘本的文字会先于图像出现，图像根据文字的内容进行创作。在这个创作过程中就会出现我们之前讨论的关于图文对位的问题：图像和文字有可能是互补的，也有可能是互相冗余的，还有可能是对位的。不同的文本作者、不同的插画师，在一本绘本中不同的分工合作方式，都会形成不同的绘本内容。所以如果从作者角度去解读作品，会让我们意识到多个作者和多重意向以及多种合作模式对于文本和图像关系的影响。

第二节　绘本的物质性

佩里·诺德曼认为，书本的物质性可以影响读者对故事的期望和反应。2011 年，贝蒂娜·库默林－梅鲍尔注意到，图书市场上越来越多的绘本是带有玩具性的，它们的高质感和“合成质量”可能会吸引或迷惑幼儿。尼古拉耶娃写道：“在后现代绘本中，嬉戏性通常通过其物质性，以及其作为人工制品的质量来表达。”材料可以使孩子们获得独特的阅读体验，并使“书得以栩栩如生”。中国春秋时期的《考工记》有“天有时，地有气，材有美，工有巧，合此四者然后可以为良”的记载，这反映了中国古人对艺术与技术、精神与物质的辩证关系的深刻理解，这也体现了东方美学的文化价值。

为年轻读者创作的艺术家会发现，“阅读”可以涉及所有感官，因为幼儿与绘本有着非常直接和亲近的联系。一本书的材料感受与书的内容和图形元素一样重要。从东方美学的角度，日本设计师杉浦康平提出了书籍的五种感受。在《书艺问道》中，中国书籍设计师吕敬人也提到书籍具有五种感官体验：包括视觉、嗅觉（墨水、纸张和年代的气味）、触感（手感）、听觉（翻书的声音和在心里阅读的声音）和味觉（书籍的气质）。戈登·德莱登（Gordon Dryden）和珍妮特·沃斯（Jeannette Vos）在《学习的革命》中也提到了五种感官的理论。他们认为，通过激活视觉、听觉、触觉、嗅觉和味觉这五个感官的功能，人们可以对物体的感官和感知产生更多的印象，从而引发深层次的思考。

第三节　绘本的拼贴与蒙太奇

在绘本的创作中，艺术家和作者往往会尝试通过各种各样的手段和方式来再现与表达。很多绘本作品中都折射出当时艺术流派或者艺术运动的影响，比如新艺术运动在沃尔特·克兰作品中的体现，维也纳分离派风格在《尼伯龙根之死》中的完美诠释，还有《关于两个方块》中我们可以看到当时至上主义在作品中的宣言。拼贴与蒙太奇的手法在当下儿童绘本中的使用由来已久，作为一种艺术手法或者表现技巧，它们增强了绘本的传达效果，并丰富了绘本的视觉语言。

拼贴我们并不陌生，我们可以在儿童绘本中看到我们十分熟悉的艾瑞克·卡尔（Eric Carl）极富个人风格的拼贴作品。“拼贴”（collage）来自法语“coller”（粘贴），指的是组装不同材料的碎片以创造复合图像的过程。在艺术史中，文本和视觉拼贴有着悠久传统，它是从不同背景中提取和重新组合各种元素的方式。这种形式在诸如立体主义、达达主义和超现实主义等前卫运动中有显著的表达。1912 年，乔治 · 布拉克（Georges Braque）和帕勃罗 · 毕加索（Pablo Picasso）几乎于同一时期开始创作纸张拼贴画（papiers collés），格林伯格（Greenberg）认为这是立体主义演变的主要转折点，贯穿 20 世纪初现代主义艺术的整个发展过程。拼贴和其他组合技术被用于寻找新的表达方式，但它也是一种质疑艺术本身的性质和价值的手段。

拼贴作为一种艺术手法和在艺术史中具有代表性的表现方式，也被一些艺术家和作者引入儿童绘本的创作中来，包括玛格丽特 · 怀斯 · 布朗（Margaret Wise Brown）和埃斯菲 · 斯洛博迪纳（Esphyr Slobodkina）1938 年合作的《小消防员》（*The Little Fireman*）和 1953 年合作的《睡眠ABC》（*Sleepy ABC*）等，都采用了拼贴的手法来讲故事。在《小消防员》中，醒目的颜色和递减的形式，几何形状的表现与文本形成了相互呼应又有对比的图文效果，场景由现代的城市风景组成，简洁的拼贴风格允许儿童直接进入文本，并由此强化了儿童在阅读过程中融入自己的想象力并积极参与的重要性。

利奥 · 莱昂尼（Leo Lionni）1959 年的实验绘本《小蓝和小黄》（*Little Blue and Little Yellow*）由简单抽象的形状和两个字符“蓝色”和“黄色”互动组合而成。莱昂尼在长途火车旅行中与他孙子玩耍时获得了灵感，他以一本生活杂志为材料，从书页上撕下黄色和蓝色的圆圈去讲述故事。艾瑞克 · 卡尔 1969 年出版的经典绘本《好饿好饿的毛毛虫》（*The Very Hungry Caterpillar*）以简洁的拼贴语言引导小读者数一周的日期，命名不同的食物，了解蝴蝶的生命阶段。像斯洛博迪纳、莱昂尼和卡尔这样的绘本艺术家和作者不仅将前卫艺术或当代平面设计的美学融入绘本中，他们还通过各种各样有意义的方法去激发读者共同创造绘本的意义。这三位艺术家都热心于寻找一种新的语言和新的形式，并在绘本媒介中广泛地使用了拼贴技巧和方法。现在越来越多的插画家和艺术家尝试通过不同材料和技术的组合创造新的风格化的视觉形象。

绘本中的蒙太奇这一概念来源于电影术语。镜头的连贯性和剪切形成了电影中的蒙太奇。苏菲·范德林登认为绘本中的蒙太奇感受首先出现在翻页的过程中。她指出“阅读就像摄影机跟踪拍摄的过程一样，全书需要具有连贯性，但每一个页面之间又未必具有绝对的关联。某个图案的反复出现、页面造型上的关联、人物的移动都能使跨页串联起来”。蒙太奇形成了绘本中用图像来叙述的动态语境，尽管图像在书中是静止的，但是阅读的行为和动作让我们在视觉和意识中形成空间和时间的动态与切换。

挪威平面设计师、艺术家斯蒂安·霍尔（Stian Hole）的作品代表了后现代绘本中的一个有趣的发展，这在他2005年出版的第一部作品《老人和鲸鱼》（*The Old Man and the Whale*）中得到了证明。之后霍尔又创作了五本绘本，其中《加曼的夏日》将作者的语言风格发挥得淋漓尽致，在这里，霍尔的数字摄影式的插图包括大量的来自日常生活的物品和场景，但也包含幻想元素在图像中的互文参考。他的插图虽然在表达上具有惊人的装饰性，也十分优雅，但他并没有强调数字媒体的完美技术性，而是对每个拼贴元素之间的关系进行了细腻的处理。此外，霍尔的绘本可以被看作蒙太奇和拼贴艺术之间相互嫁接的一个有趣的例子。在拼贴技法里，材料的使用始终放在艺术审美之后（材料服从审美），否则这个材料可能是支离破碎或不合逻辑的。相比之下，霍尔的作品强调了独立的图片元素与意义的结合。他使用图片蒙太奇创造了与故事主题有关的重要内涵。虽然霍尔的蒙太奇主要是基于摄影图像，但他的表达方式与记录无关。相反，他的风格依赖于不同视觉语境之间的张力。

使用拼贴或蒙太奇技术也会营造出一种时空流动的形式，使旧的图像和样式被回收和恢复。这种形式的回收和重新组合材料可以被戏谑或讽刺地用来创造一种怀旧和具有诗意的基调。埃丽娜·德鲁克（Elina Druker）认为，绘本中应用的拼贴技术通常会产生“陌生化”的效果，帮助读者看到以往常见的对象以陌生而不寻常的方式出现。比如意大利作者贝娅特丽斯·阿勒玛尼娅（Beatrice Alemagna）的绘本《一只狮子在巴黎》，就凸显了这种怀旧的气质。作者采用了拼贴和绘画相结合的方式来诠释这个温暖而略带忧伤气质的故事，其中复古感的拼贴元素烘托了这座城市的历史感，但同时，这种拼贴融合又使得图像在怀旧的氛围中彰显现代而优雅的视觉美感。

第四节　绘本的设计语言与设计要素

从芭芭拉·贝德对绘本的定义来看，绘本是一种结合了多种媒介的设计产品。从产品的角度，我们可以把绘本放入设计的框架中进行解读，其利用文字与图片的不同对应和交流来创造意义。对于一本实体的书来说，很多不同的部分组成了一个完整的内容：包括书籍采用的材料、装订方法、页面开本、造型结构、内页插图、文字编排等方面。从设计者的角度去理解一本书的制作和完成是有必要的。这些元素是如何在我们没有察觉的情况下影响了孩子们的阅读？当我们回到原点，重新观察绘本中不同的组成要素，就会知道这其中的奥秘。

回想一下，当我们漫无目的地在书店里，面对琳琅满目的儿童绘本想挑选一两本时，你往往会有什么感受？或者想一想你最先会拿起哪一本书？书是复杂的存在，当它陈列在图书馆的时候，它是人类文化和精神内容存在的证据和参考。当它们陈列在书店的时候，它除了是一本记录着文化内容的书之外，还是一种产品，而产品需要让消费者认可并购买，这就需要充分考虑消费者的心理。

很多读者选择购买图书是出于实际需要，比如用作参考书，或者作者很有知名度、书评很好、老师家人和朋友推荐，等等。这些购买的因素很复杂，但是这些情况大多基于前期对于这本书有了解，是一种定向购买。另外也有一些情况，很多读者去书店并没有明确的目的，可能是为了消磨一个下午的时间，可能是去看看有哪些新的作品，也可能只是喜欢书店的氛围和阅读的感受。这种情况下读者在选择书的时候是没有固定目的的，是一种非定向的购买行为。从消费行为去分析绘本的设计元素并不是我的主要目的，但是当我们处于一种非定向选书的情况下，书作为一种物理存在，设计的作用就会凸显出来。

当然如果单纯从购买的角度去分析一本书是有局限性的，首先消费者和真正的使用者并不一定是同一个人。对于绘本来说，由于绘本是提供给孩子们阅读的，所以它的使用者是儿童，但是它的购买者却并不是儿童，很多情况下是父母决定了为孩子选择什么样的绘本。父母作为消费者，孩子作为使用者，是不同的两个群体。这就会产生一个矛盾：到底是孩子的选择更重要还是父母的选择更准确？我们经常会在书店看到，孩子们喜欢一本书，但是家长喜欢另一本并要求孩子买家长认为的有益处的书。家长通常认为自己的选择是更理智的，比孩子要聪明成熟得多。这是一种成人角度的价值取向，很多时候也是出于父母的教育心理。这也导致儿童图书的出版商为了销量会更多注重父母的选择，从父母的角度去选取图书的内容并设计图书。我们暂且不看消费心理对于设计的影响，先从绘本的基本特征和组成要素来分析它的设计组成和作用。

一本设计优良的绘本往往是一个完整的整体，有趣的文字、出色的插图、良好的版式设计和装帧缺一不可。美国书评家肯尼斯·莫兰兹（Kenneth Marantz）认为：绘本在文学作品中的地位之低是因其语言的（相对）简单性，因为绘本的复杂内容，比如比喻的运用，是靠视觉元素表达出来的，这些视觉元素除了画面中的场景和人物等内容外，还包括书的大小、形状、纸张的厚度以及字体选择等。

一、开本

开本是一本绘本的尺寸和比例关系，常规的绘本由 32 个页面组成，页面尺寸也不尽相同。出版于 1902 年的毕翠克丝 · 波特的绘本《彼得兔的故事》，开本很小，刚好适合年幼儿童的小手。之后波特的作品《馅饼和馅饼盘》《罗利保利布丁》和《生姜与泡菜》首次出版的时候尺寸较大，《凶猛的小兔子的故事》和《莫佩特小姐的故事》则使用折叠全景画的方式制作，然后再放入一个保护袋中。后面这几部作品并没有在商业上取得成功，尽管它们非常受欢迎，但它的样式也意味着书商会留下大量损坏和无法出售的书，所以这种实验性的开本没有再被使用。在现代图书的创作中，对于开本尺寸的尝试越来越多样化，比如我们可以看到页面宽度较窄的竖向绘本，也可以看到横向的绘本、方形的绘本，以及一些异形的绘本（圆形、动物形状、植物形状等）。开本有时会成为某个出版社或某位插画师的识别特征，比如在 1993 年，奥利维耶·杜祖使用的方形开本当时并不多见，一度成为胡埃格出版社的象征。而不同的开本对图像在页面中呈现的方式、位置以及文字和图像的对应关系提出限制，插画师创作插图时必须考虑到开本的因素，在一个对开页中创造联系和互动并吸引小朋友翻到下一页。异形书的出现（尤其在低幼儿童绘本中）本身就是一种充满想象力和创造力的尝试。但是其对图像和文字的制约也更为突出，要充分考虑到开本本身的形象元素和尺寸才能合理安排文字和图像的关系。

二、书籍的结构和装订

根据基思 · 史密斯（Keith Smith）在 2003 年时的说法，一本书的要素是“页面、装订、文本、多幅图片以及形象的再现和表现”。在讨论 20 世纪 50 年代斯堪的纳维亚绘本的概念和空间创新时，埃丽娜·德鲁克认为艺术家受到当时艺术运动的影响，并尝试通过使用一种新的空间概念来激活读者的角色，例如页面上的孔洞、向上掀起的构成元素和连续的红线用作页面翻动的指示等。这种观察指出其中某些书籍结构可能使用了中国书盒或函套的原理，她认为这种书籍结构借鉴了建筑艺术的语言，并形成了一种亚艺术结构。这些在结构和形态上进行创新实验的绘本通过艺术手段将现代主义美学引入了儿童文学，从而预见了后现代特征。艺术家书籍通常将书籍当作物品甚至雕塑，除了在前面章节中提到的立体书形式——转轮式、翻翻书、隧道式等，还有一些有特色的书籍结构，包括手抄本、扇页式、威尼斯百叶窗式、公文包式、法式门廊式等，见图 6–1 至图 6–10，这些书籍形式也已被使用在绘本中。

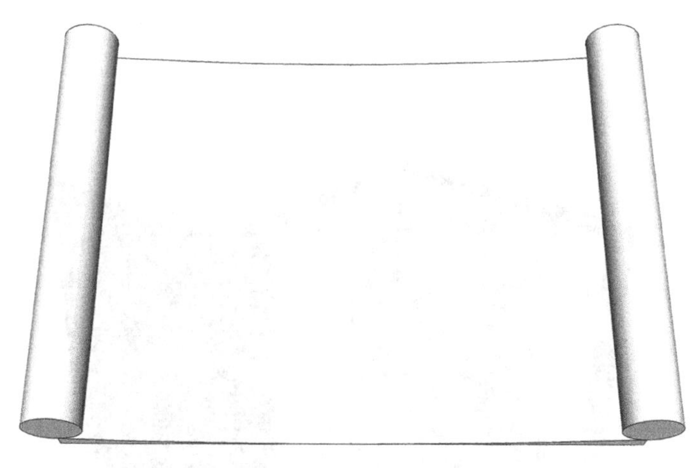

图6–1　卷轴式装订（吴翊楠绘）

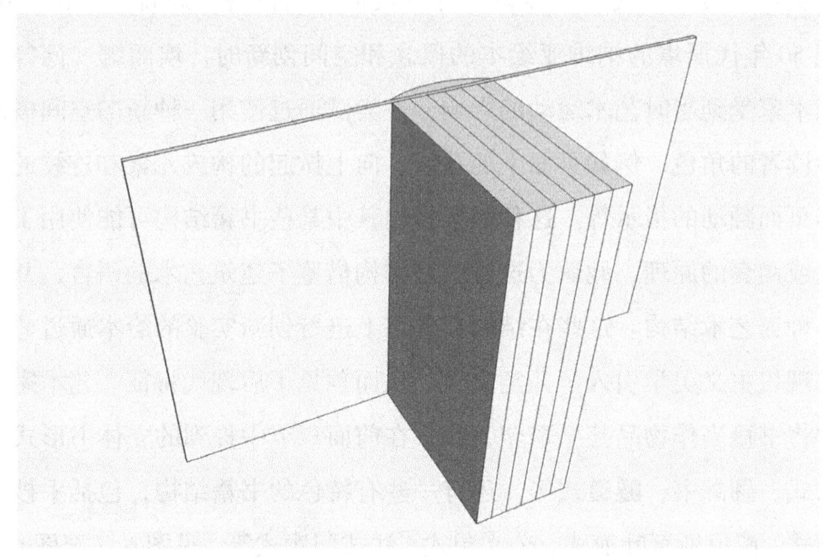

图6-2 经典装订（吴翊楠绘）

图6-3 背靠背式装订（吴翊楠绘）

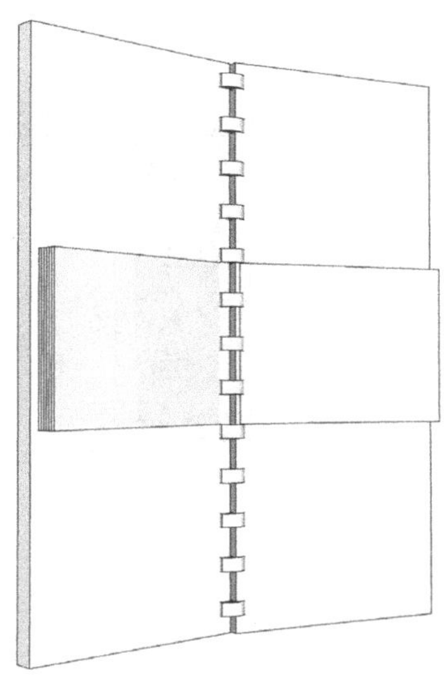

图6-4 混搭式装订（吴翊楠绘）

图6-5 风琴式装订（吴翊楠绘）

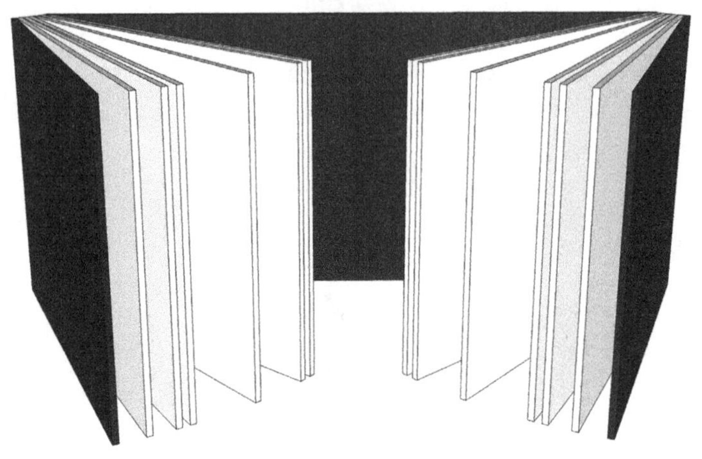

图6-6　法式门廊式装订（吴翊楠绘）

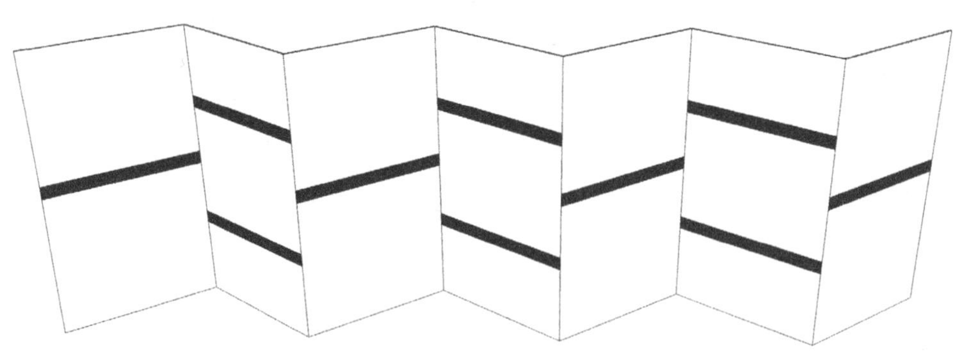

图6-7　雅各布梯式装订（吴翊楠绘）

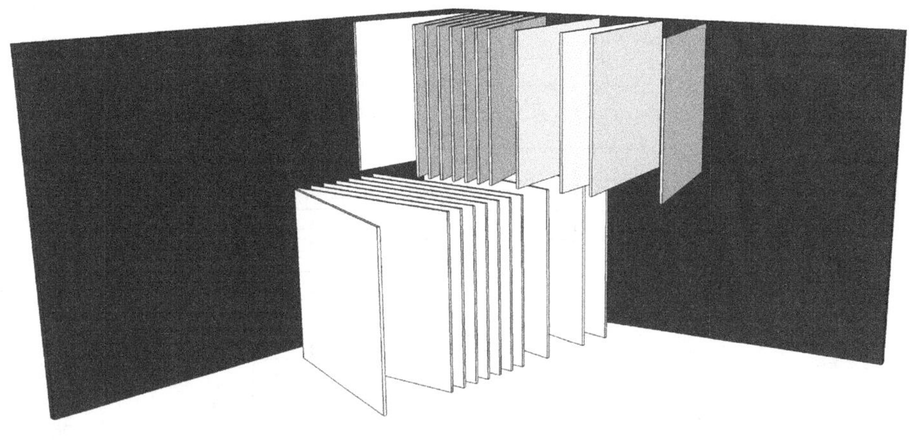

图6-8 旗式装订（吴翊楠绘）

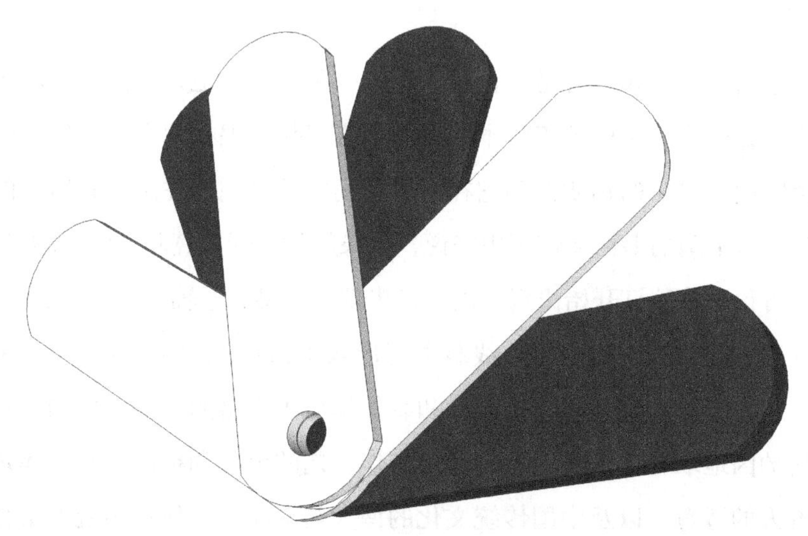

图6-9 扇叶式装订（吴翊楠绘）

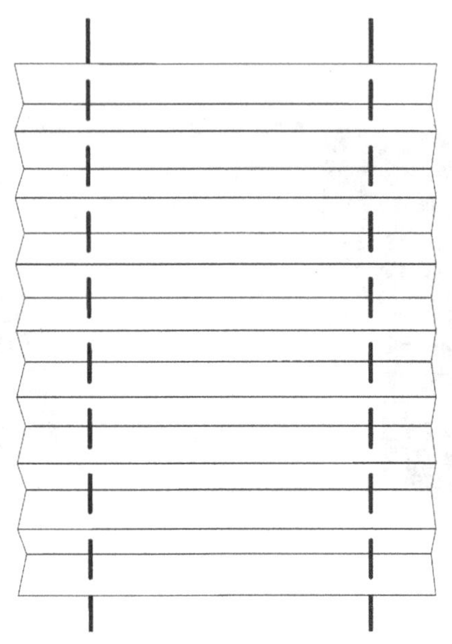

图6–10　威尼斯百叶窗式装订（吴翊楠绘）

书籍的结构和装订是书籍物质性的一种体现，也是其区别于电子书的一个关键因素。所以关于绘本的讨论不应仅仅局限在图文关系等二维空间的范畴内，绘本的物质性和它在三维空间中的呈现往往是读者留下的第一印象。就中国的书籍装帧历史来说，如果从竹简开始算起，约 3000 年前，中国古代书籍装订开始出现，之后又出现了丝帛、卷轴、旋风装、龙鳞装、樊叶装、经折装、蝴蝶装、线装书等形式（图 6–11 至图 6–20）。中国传统书籍的结构为现代图书的设计和制作提供了丰富的养料，中国古籍中对材料的因地取材、因材施用，以及制作工艺的灵巧和精湛都充分体现了中国古人的智慧，以及中国传统文化的博大与深厚。如何将传统的书籍装帧形式和技法合理并创新运用到当代绘本的设计制作中来，是我们可以继续探讨和研究的方向，一方面可以实现绘本在材料和结构上的创新，另一方面可以将中国传统的文化遗产以潜移默化的方式融入当代儿童的日常生活中，让孩子们亲近本民族的文化，了解本民族的文化。

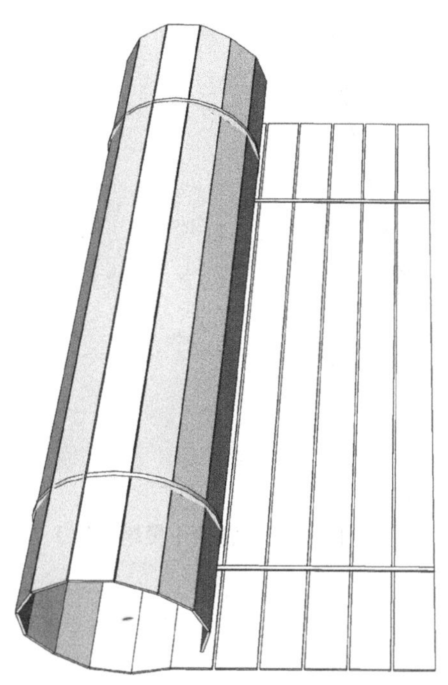

图6–11 竹简（吴翊楠绘）

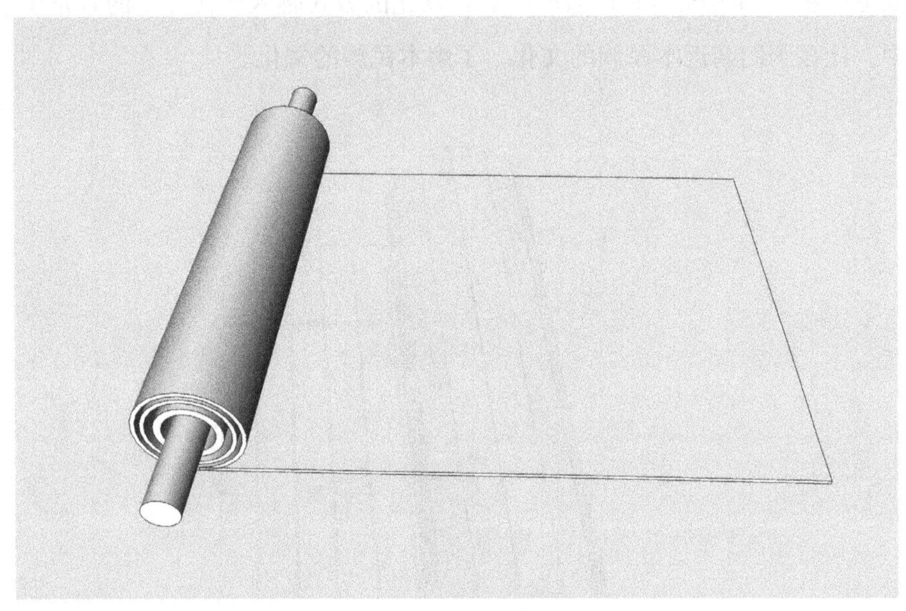

图6-12 卷轴（吴翊楠绘）

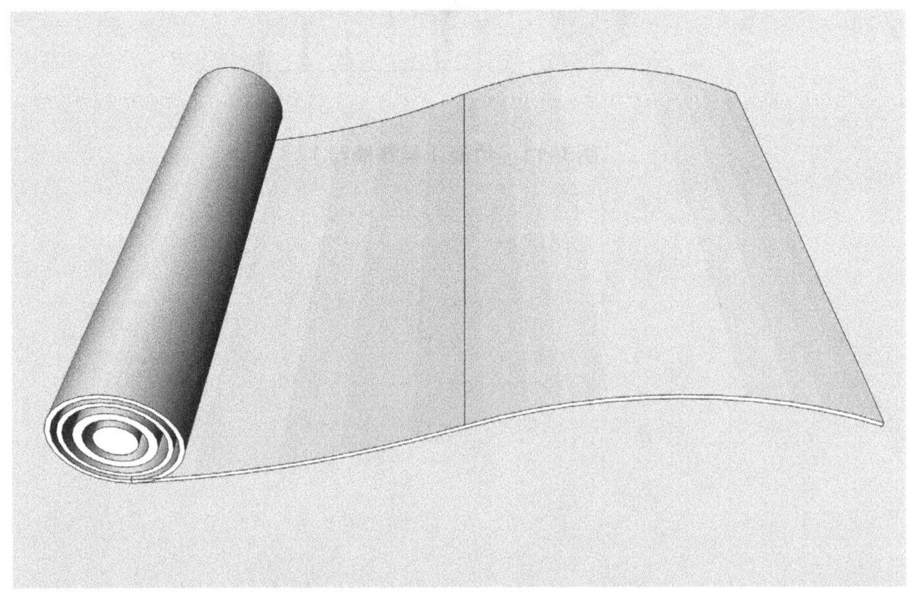

图6-13 丝帛（吴翊楠绘）

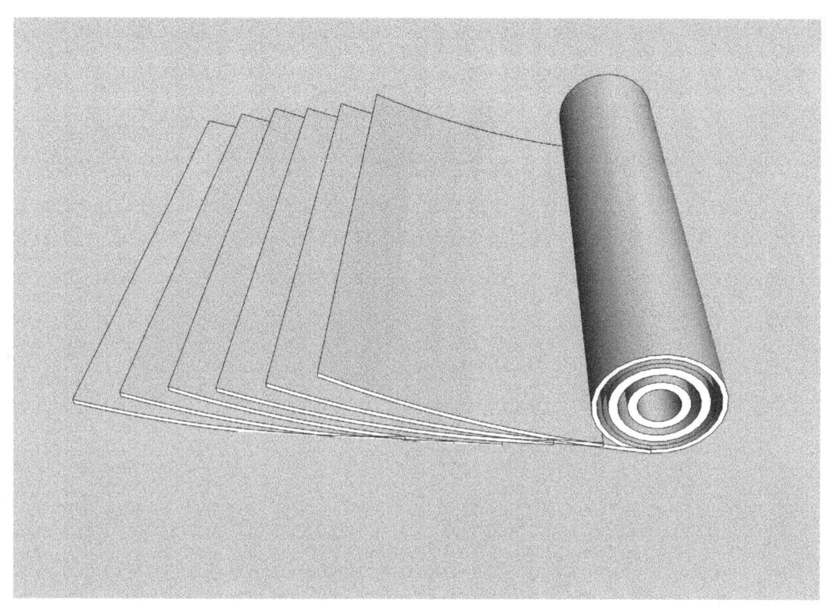

图6–14　龙鳞装（吴翊楠绘）

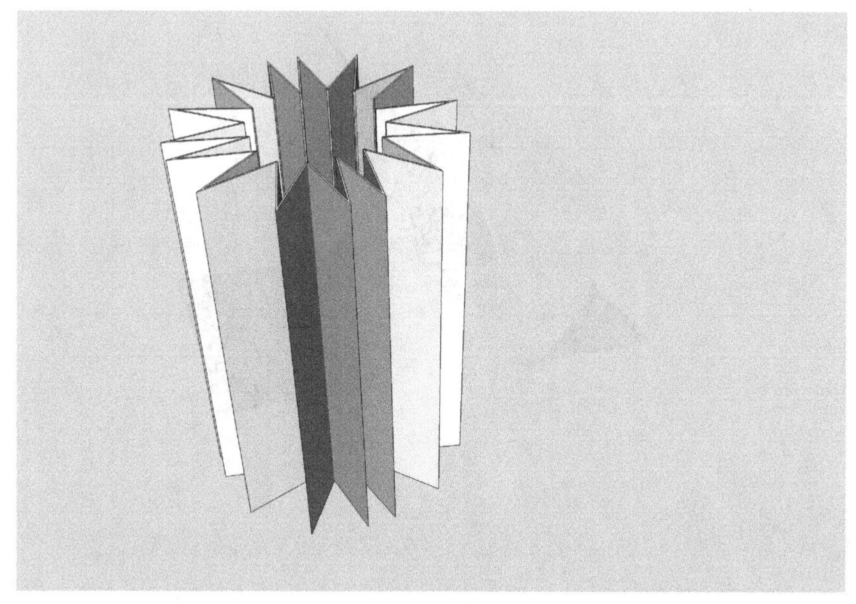

图6–15　旋风装（吴翊楠绘）

图6–16　经折装（吴翊楠绘）

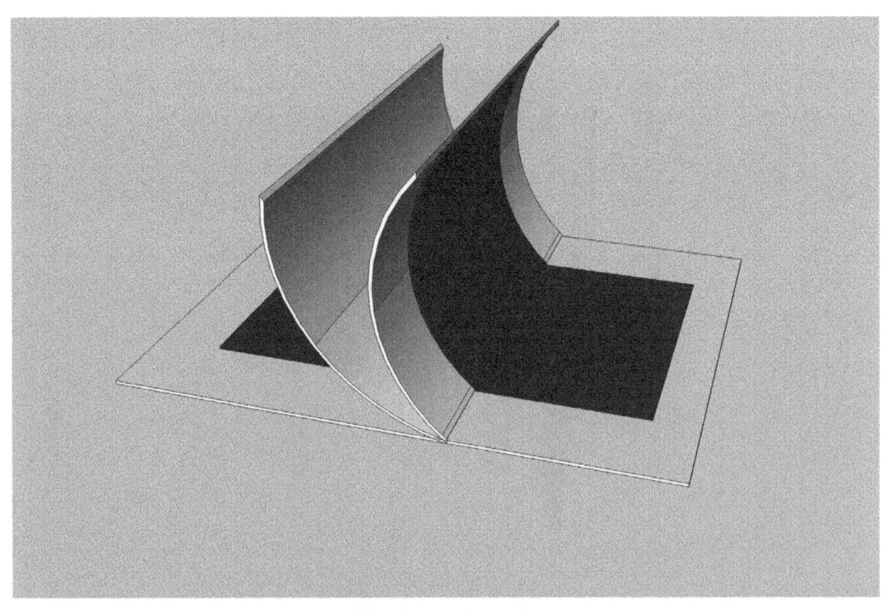

图6–17　蝴蝶装（吴翊楠绘）

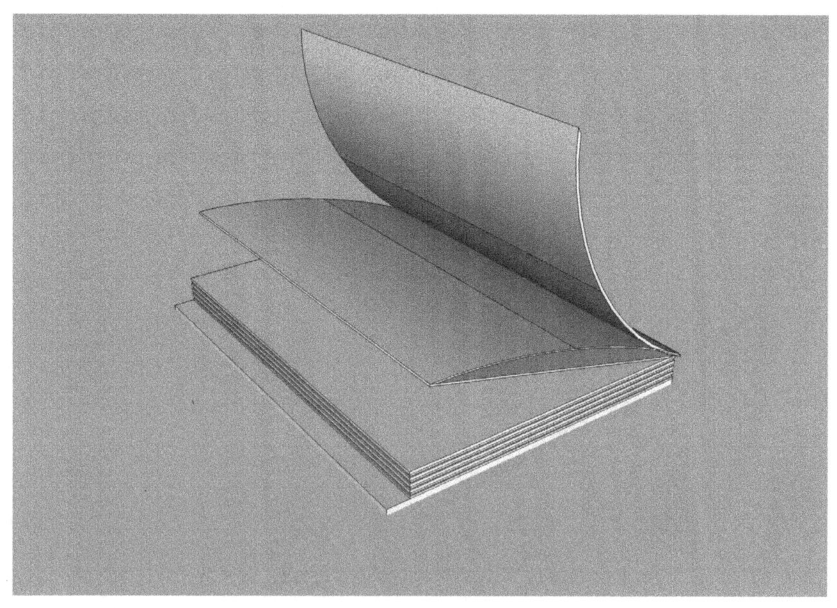

图6-18　包背装（吴翊楠绘）

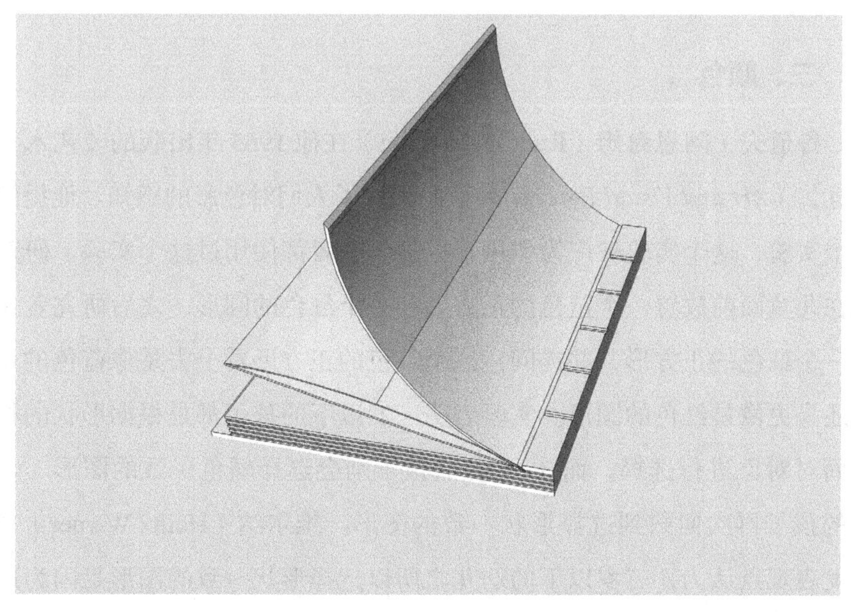

图6-19　线装（吴翊楠绘）

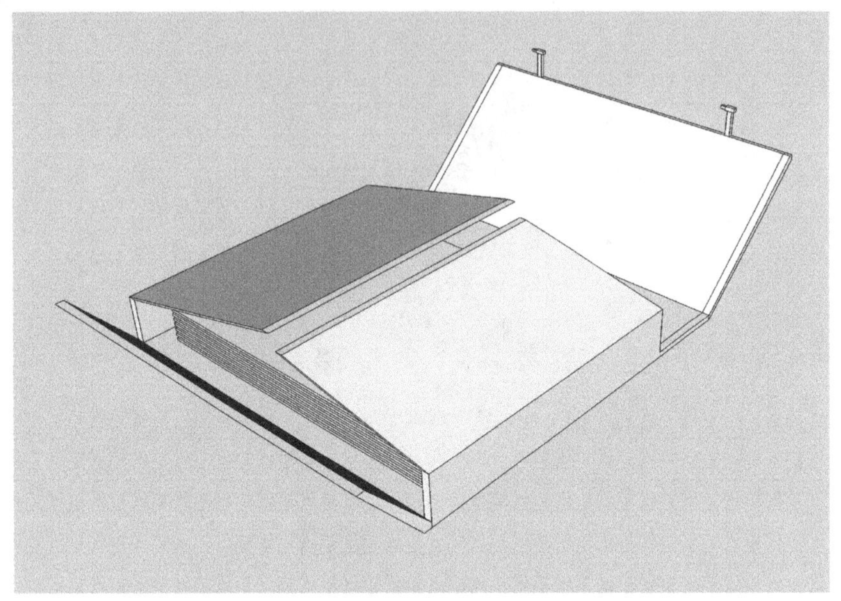

图6–20　六合套（吴翊楠绘）

三、颜色

鲁道夫·阿恩海姆（Rudolf Arnheim）在他1965年出版的《艺术与视知觉》（*Art and Visual Perception*）中讨论了人们对色彩的感知。他提到了一个实验，这个实验被广为引用，很多研究者都使用过这个实验。研究者们在儿童面前放置一个蓝色的正方形和一个红色的圆形，之后研究者又取出一个红色的正方形，并提问：这个红色的正方形看上去是像蓝色的正方形还是更像是红色的圆形。实验表明三岁以下的孩子都是根据形状的相似性而对对象进行选择，而3—6岁的孩子则会选择颜色一致的图形。六岁后的孩子再次回归到选择形状一致的图形。维尔纳（Heinz Werner）1948年发表观点认为，三岁以下的幼儿之所以选择形状一致的图形是因为这一时期他们主要根据自身的运动和行为来感知物体，所以对他们来说，形状比颜色更具有可触摸性和识别性。对于 3—6 岁的学龄前儿童，物体的视觉特征起主要作用，因此大多数儿童会选择具有强烈视觉吸引力的颜色。但是随着教育和实践的训练，形状又逐渐成为儿童识别物体的基础。欧内斯特·沙赫泰尔（Ernest Schachtel）认为，人们对色彩和情感的体验之间存在相似之处。因为不管是在色彩经验发生的时候还是在情感经验发生的时候，我们自身同样是外部刺激的被动接受者。颜色可以为真实或虚构的结构及其相关文本解释增加真实感，包括气氛、审美愉悦、情感和表现。但是，没有任何进一步的调查，就不能假设成人和儿童会以相同的方式解释颜色。梅颖博（Mei Ying Boon）和斯蒂芬·戴恩（Stephen J. Dain）于 2015 年进行了一项实验，以增加我们对学龄前儿童的色彩偏好的理解。该报告告诉我们：学龄前儿童会因为身处不同年龄而与彩色图片有不同的互动方式。当他们 4.5 岁时，他们会认识到自己喜欢彩色图片。实验还表明，对于幼儿来说，如果通过颜色来增强绘本故事中所描绘场景的真实感，孩子们可以更好地欣赏这些颜色和图像。4.5—5.5 岁的儿童更喜欢彩色绘本而不是只有黑白灰颜色的绘本，因为色彩的鲜明特质和强烈的视觉冲击力对他们很有吸引力。

根据康定斯基（Kandinsky）1977 年的说法，颜色具有两种价值，一种是直接价值，即颜色对观看者的实际物理作用，它来自颜色的物理特性，这种物理特性使颜色看起来“离我们较近”或“远离我们”。比如暖色（红、橙等）看起来离我们较近，而冷色（蓝、紫等）则让人产生距离感。颜色的第二种价值是联想价值，当我们将红色与火焰或鲜血联系起来时，颜色的联想价值便产生了，这种联想价值还包括其他具有高度象征性和情感价值的体验。在对儿童的颜色偏爱以及颜色与情感之间的反射关系的研究中，有一些如伯恩斯坦（Bornstein）、亚当斯等人的研究表明，红色是男孩和女孩都喜欢的颜色，这与成年人对蓝色的偏爱不同。博亚特兹（Boyatzis）和瓦尔盖斯（Varghese）1994 年的研究表明，孩子们可能在 7 岁时开始产生对蓝色的偏爱。因此，在学前和小学早期阶段，色彩感知吸引力似乎发生了重要的变化。心理学家马赛尔·桑特纳（Marcel R. Zentner）认为，孩子对颜色的这种感知变化是通过渐渐增多的社交联系和他们在学校的学习中逐渐获得的。桑特纳提出了一个假设，即当孩子将色彩投射到情感上时，他们可能会受到文化习俗的影响。颜色确实具有文化和社会价值。例如，在欧洲大部分地区，黑色是哀悼的颜色，而在中国和东亚其他地区，白色是哀悼的颜色。这种实际的社会和文化差异将反映在色彩的使用上。但也有一项研究指出了色彩情感的跨文化相似性。例如，人们通常认为红色代表着强烈的情感，黑色和灰色代表着不好的寓意，白色、蓝色和绿色让人感觉很好。冈瑟·克雷斯和西奥·范·列文认为文化在色彩的使用中起着规则性的作用，其理论要点在于将“配色方案”和“色彩和谐”引入更传统的社会和文化语法概念中，而不是讨论单一色相的文化寓意。但是，目前关于绘本中色彩的文化意义的讨论还不够充分。关于中国传统视觉文化的内容，一些学者还从历史和中西差异的角度研究了色彩。这些文献为进一步探索代表中国传统视觉文化的色彩表达提供了思路。但是在儿童绘本中我们有理由相信，色彩仍旧是服务于内容的。就像马蒂斯（Matisse）在讨论线条和色彩时指出的那样：“如果线条是诉诸心灵的，色彩是诉诸感觉的，那你就应该先画线条，等到心灵得到磨练之后才能把色彩引向一条合乎理性的道路。”康德也在著作中指出：“绘画、雕塑甚至建筑和园艺，只要是属于美术类的视觉艺术，最主要的一环就是图样的造型，因为造型能够以令人愉快的形状去奠定趣味的基础（而不是通过在感觉上令人愉快的色彩的表现）。那种能使得轮廓线放射出光彩的色彩，起的是刺激作用。他们可以使物体增添引人的色泽。但不能使物体成为经得住观照审美的对象。相反，它们常常因为人们对美的形状的需要而受到质疑，甚至在那些容许色彩刺激的场合，它们也往往因为有了美丽的形状才变得华贵起来。”

四、构图

儿童文学学者艾丹·钱伯斯（Aidan Chambers）将书籍称为“书本对象”（books as objects）。儿童绘本会通过一个跨页中图像和文字的位置编排来创造意义，并且这种意义的营造需要充分考虑到“翻页”的过程所产生的连续性和运动感，所以绘本中的版面具有更多的形式和探索空间。不管文本或图片出现在静止页还是翻动页，其在书本的物理空间中都是分开的，装订线在书籍中往往起到重要的分割作用，它们类似于相框的一部分，并在整个页面范围内对内容进行划分。页面上的装订线和边框也会影响叙述。尼古拉耶娃和斯科特在2006年的一篇文章中写道：“边框通常会在图片和阅读之间产生分离感，而缺少边框（即，覆盖单个页面整个区域的图像，或一个跨页的图片）则意味着邀请读者进入画面。”边框意味着读者与图像的距离，跨页图和用边框分隔开的图像在意义的阐释和心理暗示中都会对叙述产生隔断或连接的意义。

在《阅读图像：视觉设计语法》中，冈瑟·克雷斯和西奥·范·列文讨论了构图的含义，他们认为图像中的元素在页面中的位置不同，其代表的意义和重要性也不同：顶部和底部，左侧和右侧，中心和页边距，每个元素的位置所对应的视觉重要性也不同。从他们的观点来看，图像顶部的内容代表了我们的理想世界，而图像底部的元素则代表了现实世界。靠近左边的元素代表着已有的情况，而右边的元素往往意味着新的内容和新的变化。他们根据这一理论提出了一个构图和叙述的框架模型（图6–21）。当然并非所有绘本图像都严格遵循这种清晰的上下左右的构图方式。但是，对于严重依赖从左到右阅读习惯和翻页规则的书籍来说，图像的左右位置非常重要。另一方面在图像中，我们往往会根据形象的重要性来安排位置，越是重要的形象和内容越会在页面中占据较大的空间，或者根据视觉引导线而提供观看线索来突出主体物的重要性。威廉·莫比乌斯也解释了图像位置区域的符号意义，他认为构图中位于上部的图像会给人带来自尊感或社会地位较高的感受；位于图像底部的元素则反映了自卑、情绪低落或状态低落的感受；位于左边的图像往往给人带来相对安全的感受；右边的图像则暗示着相对危险或有挑战感的心理映像。

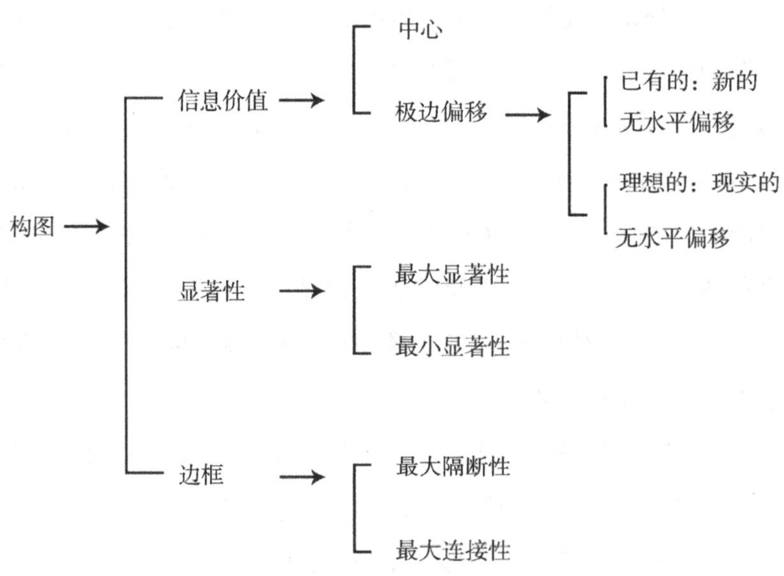

图6–21　构图的含义，克雷斯和范·列文，1996

克雷斯和范·列文认为视觉语法反映了社会文化的结构和意识，他们进一步指出，他们的视觉语法理论是基于西方社会的。中国传统文化受到儒、佛、道三大哲学思想的影响。中国古代书籍的阅读习惯通常是从右到左，这与现代阅读方法和西方阅读传统都不同。页面布局也可以反映出中国古代人对自然和宇宙的尊重。例如，在中国传统图书的版式中，它包括天头和地脚这两个组成部分。中国在书籍设计方面积累的经验和成果以及我们几千年来的历史都为我们提供了足够的可供考量、应用以及“再设计”

的资料和财富。如何在儿童绘本中系统地整理和应用这些文化内容需要学者和作者们进一步思考和尝试。

五、字体

字体的选择、字体的形态特征（例如大小和笔画粗细）以及字符的排列和位置关系是布局的重要部分。学者弗兰克·塞拉菲尼（Frank Serafini）和珍妮弗·克劳森（Jennifer Clausen）在 2012 年曾评论道："书面语言的排版不仅可以作为文本叙事的渠道……还可以作为视觉元素和符号学资源，它们具有自己特定的潜能。"在绘本中，我们可以通过使用不同的字体来表示页面上不同级别的文本：较大的字号、字重较重的字体可以用来凸显标题的重要性，而有衬线的字体比较适合用来书写正文，更小的字号可以用来书写标注，偏手写体的字体可以用来烘托气氛或者强调意境。较传统的排版方法并不将字体视为"符号资源"，而是认为字体的设计应避免引起人们的注意。但就现代设计的发展来看，无论是中文和英文的使用，都需要考虑选择符合语境的字体、适宜的字号、舒适的行距和字符间距，这种在设计中的细节考量会极大优化版面内容的整体设计效果，并且会更有效地传达信息。中国学者周有光在 1997 年出版的《世界文字发展史》中讨论了文字的最初形式。他指出原始文字类型可以分为"刻符和岩画""文字性的图画"和"图画性的文字"三大类别。从这个角度我们可以看到文字和图像的本源是一致的。比如中国的书法艺术就是一种图像与文字相结合的表达形式。但是目前没有足够的文献来讨论儿童如何通过绘本理解汉字或书法的形式。中国的文字和书法是中国传统文化的瑰宝，如何通过有效的字体设计和内容设计将中国汉字的美学特征和美学气质传达给儿童，是一个值得绘本作者在今后的创作中进行深入思考的领域。

第五节　关于绘本意义的讨论

儿童绘本的目的和意义是什么？是用来帮助孩子成长的教科书籍，还是丰富孩子生活乐趣的“玩具”？它是否只是时代风格和艺术家个人观念的诠释，抑或是帮助孩子连接现实与抽象世界的转换器？也许它只是父母给孩子传达信息的某种特殊工具，那么它特殊在哪里？不同文化背景下的孩子对于绘本的理解会有什么不同？他们在面对同一种类型的绘本时的反应一样吗？

我们如何分享绘本这门艺术？我们站在博物馆里的一幅画的面前，跟孩子绘声绘色地讲凡·高的《星空》《向日葵》。我们给孩子讲凡·高的故事，让孩子尽量去了解画家的背景以及他如何画出来这幅画的。但孩子似乎只对里面五彩斑斓的星空和那金灿灿的色彩感兴趣。你讲完一幅画的故事，又来到了第二幅画的面前，孩子从一个画面、一个故事跳跃到另外一幅画和一个故事中去。在这里，也许这两幅画的作者背景相同，风格技法相同，但是画和画之间的直接联系并不多。孩子也无法从你对于第一个画面的讲解想象到第二幅、第三幅的内容。

这种体验与孩子阅读绘本时的体验完全不同。绘本里的图画很少以一幅单独的图像来讲述一个故事，而是通过一个个相互联系的画面去讲述一个故事。在 32 页标准绘本的有限篇幅里，每一幅画面变成了故事的开始、经过和结尾。孩子经常坐在大人的怀里或是大人的身旁来体验绘本这门艺术，这种观看画面的角度和维度与站在大人身旁或是被抱在怀里有很大程度的不一样。首先在一个空荡的博物馆里，尽管充满了各式各样的艺术作品，但是孩子很难长时间在一个位置驻足，观看一个内容，他们更多的是跑来跑去，被各式各样的东西吸引，或是对艺术根本不理睬，更喜欢可以蹦上蹦下的沙发。他们经常想触摸艺术品，时常是在事发之前就被家长或是安保人员制止。这种仰视的视角是无法近距离接触作品的，它很难让孩子进入艺术的世界中。加上各色人等在周围，尤其当有其他孩子出现时，小孩子的注意力就很快分散到其他更好玩的事情中去。而当孩子完全在你的怀抱中，或是躺在一个被窝里的时候，他 / 她是安静的，像是进入了自己一个安全的城堡。这种安全感会使孩子的注意力和感知力集中，这就给接下来的绘本体验打下了基础。

另外，由于孩子这时往往是被怀抱着的，家长拿着书，那么书本就在孩子眼前不远的地方。大大的绘本基本上可以覆盖孩子全部的视线宽度。也就是除了绘本以外，他们是不会被周围的东西搅扰的。尤其当孩子想满足自己的触觉感知时，抬手就能摸到画面里的星星和月亮，孩子也变成了故事里的一员。在这里，绘本阅读体验的独特性使得绘本中的图文与孩子之间有着更为亲密的接触。

我们也很难做到在美术馆里，以孩子的语气向他们描述一幅画的脉络。因为对于孩子来讲，那只是一张静止的画，他们无法像大人带着经验去阅读和理解莫奈的《睡莲》中透彻的池塘以及泛起波纹的晶莹水面，一切对于他们来说都是静止的“叶子”。我们能做的似乎只是放慢语速，压低声音，给他们讲讲艺术家的故事和为什么他要画这样印象的笔触，去试图启发他们感受那“会动”的植物。不同的是，当我们翻开绘本的那一刹那起，孩子就被带进了一个故事脉络里，随着你对故事画面的描述，孩子的期盼也随着你的“翻页”完成，然后周而复始地重复、再重复。这个翻页的过程加深了孩子对于故事情节逻辑顺序的判断，从而使得他们内心的期盼一次次得到满足。不仅仅是行为的重复，绘本作者们也意识到这种重复的作用，所以也在每一个故事情节里把主人公的形象进行了刻意的重复，以此来加深孩子对于故事的了解和期许。

当然,这种“翻页”动作的重复以及主人公形象的重复是在充分考虑“翻页”走向以及形象寓意后得来的。不同文化背景下这些行为的表现明显不同。诸如大多数的国家阅读顺序都是从右向左翻页，眼睛阅读的顺序就是从左往右，“左页”始终就变得是相对不稳固的。孩子的视觉注意力自然就放在了更为静止的右页上面。而不同文化背景的作者在定义角色时也有不同的感受，《伊索寓言》中的乌鸦，它总是不轻言放弃，聪明伶俐，懂得运用智慧，最不济时也没恶意到像狐狸那般狡诈，最多也就是爱听几句奉承,傻傻地丢掉了自己的晚餐。可以看到从《乌鸦喝水》到《狐狸和乌鸦》的故事都是把乌鸦当作正面形象来诠释的。但在中国就全然不同。唐代段成式《酉阳杂俎》中记载“乌鸣地上无好音”。现代人更是视乌鸦为凶兆。小朋友对于这种鸟的吉凶本来并不关心，但是由于不同的文化背景，小朋友们还是避免不了从父母的语言中得到吉祥或是厄运的感受。

“红色”在大多数的国家里象征了“激情”,而在中国它还有“喜悦”“吉祥”之意。你需要站在不同的文化背景下去看一个描写“爱情”的故事，要不然你一定以为这个故事里只存在着“激情”；没有对文化习俗的了解，那么也许会把葬礼“白色”基调误认为是“纯洁”“永恒”和“美好”。文化寓意更多时候是多元的，不同的颜色寓意对于孩子来讲可以唤起他们哪种印象与感情呢？他们的色彩认知和文化习俗产生冲突的时候，我们该如何去解释给他们呢？如果你恰巧要运用中国传统文化题材创作一套绘本的话，考虑到文化特质与设计语言，你可能要思考传统中国文本的阅读方式：从左往右的翻页方式，以及从上至下从右往左的阅读顺序。那么我们是否也可以以展开中国古代卷轴画的方式，一幕幕、一点点地呈现故事的内容呢？是否也会考虑以小见大，以少见多？卷轴这种慢慢“展开”的方式是否也跟孩子对绘本的期盼感有所联系？“翻页”与“展开”的动作是否可以产生同样的阅读互动？

绘本不同于世界上任何一种艺术语言或艺术形式，它的受众大多数是小朋友。它所传达的信息也与其他任何种类的视觉产品不同。绘本是一种商品，这种商品需要由父母购买给孩子，所以，它的受众不仅仅是孩子，还有孩子的父母。绘本的第一要务并不是将每一张图画的艺术价值或视觉享受传递给孩子，而是恰如其分地传递故事。对于追求教育性或只注重艺术审美价值的家长来说，绘本是一种教学用具或提高孩子艺术鉴赏能力的工具。爱德华·霍内特（Edward Hodnett）认为："评论文学插图时所用的技法和审美方式，常常跟评论墙上挂的印刷画差不多。"他坚称："文学插图的批评不能跟文学分开，文学插图在逻辑上和非文学形式的插图是不相符合的。"他在 1982 年出版的《插图与文字——英国文学插图考》中，论述了贝维克、布莱克等英国近代插画名家，以及伯恩·琼斯、比亚兹莱的作品，并选取了莎士比亚、狄更斯的作品以及《爱丽丝梦游仙境》等英国文学名著的插图版本进行评析，重点探讨了插图与文本的关系。作者在书中强调"插图必须与文字本身紧密关联"，他驳斥了著名插画家约翰·奥斯登（John Austen）认为插画作者必须拥有自主创作权的观点，同时他也提出伯恩·琼斯的名著《乔叟作品集》的局限性，因为根据他的立场，插画师的想象力是把双刃剑。所以，你很难像阅读艺术品那样从绘本中的任何一个单一图画去阅读故事的整体。大多数情况下，每一幅图像都是下一幅图像的"引子"，而这个"引子"的作用只有一个，那就是激发读者对下一个图像的联想。所以，当你明确了图像的作用，你就容易对图像的内容和形式进行把控了。每一张图画所蕴含的内容早就被作者设定在故事的某一个环节，配合着文字的叙述而展开故事。图与文的"相关"又不"相同"造就了绘本艺术的特殊性。好的绘本中的文本不会去重复图画已经存在的内容，更不会像纯文学作品那样刻画细节。它的工作只是与图像合作，因为孩子的工作只是在读图，文字是留给作为朗读者的大人看的。大人在看到这简短的文字时是需要对文字内容进行一定的衍生与扩展的，这也留给大人充足的空间，针对图画的内容和孩子的反应状态以及自身经验去解读故事。儿童在阅读绘本时，会一边看着图像，一边听你如何表述故事的内容，他们在体验这两种视听感受的互融。这就是绘本独特的双重叙事。

索尼娅·兰德斯、斯蒂芬·罗克斯伯勒和威廉·莫比乌斯等人针对绘本中的图像问题提出了自己不同的观点。强调的主体方向认为：儿童大脑发育系统对待视觉尤其是图像的理解，与成年人经验化的理解方式不同。绘本的“功能性”是我们当下父母比较关注的属性，也就是绘本能为孩子从哪些方面提供哪些益处，所以我们可以看到在当下图书市场中有大量强调功能性的绘本，比如益智类绘本、情绪管理类绘本以及自我保护等类别的绘本。我们可以看到父母将很多希望都寄托在绘本上，并且相信绘本可以把复杂的问题简单化，从而完成与儿童沟通的任务。但是从目前现有的数据和理论研究来看，并没有太多证据来支撑绘本的这些特殊的功能，作为父母我们并不确定孩子读了这本具有功能性的绘本是不是就会达到我希望他成为的那个样子。但是如果是有趣的绘本确实能吸引孩子的关注，这种有趣往往并不是我们成人所认为的有趣。在我们养育孩子的过程中会发现，他们的思维在最初并不受限制，能引起他们注意的往往是我们觉得司空见惯或者觉得并不那么“优雅”的部分，比如《公主如何挖鼻屎》这种关注日常小细节的绘本往往能让孩子哈哈大笑。注重绘本的功能很多时候是成人对教育的诉求和希望。但是即便没有太多功能的绘本，有时也会出其不意地对小读者们产生潜移默化的影响。可以说，在阅读的过程中孩子就是有收获的，无论这种收获来自与父母的互动和语言的沟通，还是来自图像中的图形和颜色吸引，抑或是一个让人捧腹大笑的情节，这些都让孩子慢慢地从绘本的多模态叙述中感知到亲情、感知到乐趣、感知到周围的世界。但是绘本不能避免地总会带有成人化的思维，关于这一点很多学者都持不同的观点，比如诺德曼对比了约翰·沃伦·斯特维格（John Warren Stewig）在《视觉要素的评价》（*Accessing Visual Elements*）中提到的一项研究结果：斯特维格指出那些年纪较大、背景比较好的孩子，似乎比那些较为年幼、教育背景比较差的孩子更喜欢细节较少的平面图。但是相反的是另一项研究则认为给孩子看各种不同风格的图，结果他们更喜欢传统写实主义的图像。诺德曼认为这种差异体现出儿童是成人品味和对自我实现的预期的受害者。他指出教育者应该让孩子学会理解更多、欣赏更多，这种理解和欣赏应该涵盖视觉图像的阅读。我们往往出于保护的目的而为孩子们挑选我们认为有价值的、有益处的或者我们认为的孩子能读懂的绘本，而排除一些风格和视觉语言更多元化，但往往也带有挑战性的绘本。

纵观历史，人类在文字开始之前便可以阅读图像，对于儿童视觉感知能力的研究也让我们发现，我们对于图像的理解依靠后天习得的视觉经验和文化假设。这些内容的形成和获得发生在日常生活中的时时刻刻。或者我们可以慢慢认识到绘本的多种可能，而不再过分关注其某一种功能性，给孩子更多机会自我选择，我们可以逐渐认识到绘本的“无用之用”。

在 2018 年的一项关于讲故事和绘本阅读的研究中，研究者通过近红外光谱对大脑中前额叶血流进行观测得出结论：相较于阅读他们不熟悉的绘本，孩子们在阅读他们已经熟悉的绘本时，大脑中前额叶的血流会明显减少，而在听故事的时候，熟悉的或者不熟悉的故事对大脑前额叶血流的影响没有明显的变化。学者进一步总结认为：相较于绘本的阅读，给孩子讲故事，是对孩子更有效的一种心理学和教育学的干预。在关于绘本起作用的方式和起作用的程度的方面，很多学者都进行了基于实验基础上的研究，绘本的发展本身也证明了这种传播形式对于儿童成长生活的重要性。

沃尔夫冈相信文本有一种客观结构，但是这种客观结构必须通过读者加以完善。所以，在绘本这种特殊的商品中，它所带有的教育意义远远没有它的视觉叙事意义重大。一切研究的重点不应该一味地只是寻求某本绘本的教育功能，这低估了绘本的价值。孩子终究会在绘本中有所收获，这里面不一定存在某种约定俗成的教育价值，而更多的是帮助他们在成长过程中认识世界，不断加深他们对世界的理解。但是，恰恰相反的是，大多数成人在讲述这些故事之后，总要告诉孩子这个故事所蕴含的道理、说明了一个什么问题，等等。在这里，绘本的艺术价值以及图文关系被大大忽略，故事本身的喜悦、悲伤被弱化，故事的情感不能很好地被家长或是孩子解读，只能草草地读一读书中仅存的文字。这样，一本充满想象、激发创造力的绘本就过分强调了教育意义而非故事叙述，并因此被忽视或是价值大打折扣。所以，只有充分认识文与图的间架结构以及在叙事的语境里那些符号之间的联系和意义，我们才能更好地发挥想象力，也可以更好地理解一本绘本的丰富性。霍斯特·布雷德坎普（Horst Bredekamp）在《图像行为理论》一书中对自己在图像行为现象学方面几十年的研究成果进行了汇总。他认为通常情况下人们理解的图像基本是由照相机、镜子、望远镜及显微镜等成像工具所形成，或者是由绘画、浮雕、湿壁画等艺术品展现出来的内容，图像作为由人创造出来的艺术品虽然没有独立自主的生命，但是它们却总是不断地展示出一种风貌并让人们看到它们所具有的更强大的能量。

根据我们对绘本历史的梳理以及众多学者理论研究的结果来看，我们可以认为图文结合的方式对孩子起到的效果要优于单纯文字的阅读。尽管这种对图像的重视以及采用鲜艳的色彩激发孩子的敏感度和创造力的做法一直延续至今，但是如何恰当运用这些方法仍然是需要进一步探讨的。

拿我孩子的绘画作品为例。她在三岁半上幼儿园前的绘画，都是极具概括性的。基本采用单色系的绘画方式去表现一个故事或是人物造型（图6-22）。她的这种“言少”的造型方法使得读图人，也就是我们成年人产生一个可以想象的空间。看似混乱的线条实则很充分地构建出了她的心灵图像。我也曾偶尔问她，试图对比她所要表达的和我理解的有何不同，但每一次都出乎我的意料之外。她画的内容对她而言只是自然的流露，一种感情的表达方式。她的世界里对于造型、颜色的选取，并不是来自真实事物的面貌，而是更多的是她的一种感受。所以，过早定义孩子的识图范畴以及规范儿童的绘图方法是有欠妥当的。随着她的行为能力的发展，对笔和绘画这一行为越来越熟练，眼睛观看的方式越来越具体，以及进入幼儿园后接受的教育环境对她的影响，她的绘画中看到的世界慢慢变得非常具象（图 6–23），她突然对周围的环境变得敏感。她开始使用程式化的颜色，树是绿的，鸟是黄的，裙子是粉的，天是蓝的。她小心翼翼地在每一个框架里填色，非常担心有一点错误。这种填色游戏虽然在某一方面会对孩子的成长敏感有所帮助，但似乎与保留孩子的天性与创造力格格不入。

《辞海》对"插画"的解释是："指插附在图书报刊中的图片。有的印在正文中间，有的用插页方式，对正文内容起补充说明或艺术欣赏作用。"《现代汉语词典》中对"插图"的解释是："插在文字中间帮助说明内容的图画，包括科学性的和艺术性的。"这种解释主要是针对书籍插图作出的定义，是一种狭义的定义。《美国传统词典》中对于"插图"的定义是："视觉材料原来经常用来阐明和装饰文本。"所以，中西方理论系统对于"插图"的定义都局限在将其作为文本的补充，但图像本身具有的传播意义却被忽略了。图像比文字更能为观者带来视觉享受和刺激，例如它的色彩、构图、比例、线条、风格等，这本身已经传递了一种乐趣，可以让人感同身受。例如杰克逊·波洛克（Jackson Pollock），他是一位有影响力的美国艺术家，也是抽象表现主义（abstract expressionism）运动的代表。他那些巨幅的"滴色"画形成了鲜明的个人风格。他把自己的作品题材解释为绘画自身的行动，他的创作并没有草图，而只是靠一系列即兴的行为来完成。他把棍子或笔尖浸入通常是珐琅和铝的颜料的罐子中，然后把颜色滴到或甩到钉在地上的画布上，凭着直觉和经验从画布的四面八方来作画。这些留在画布上纵横交错的颜料组成的图案具有激动人心的活力，记录了他作画时的身体运动，于是观众可以分享创造这些色迹的经验行为。这种创作行为与儿童绘画的无目的性、随机性似乎有一丝相似，只是这里不同的是，儿童创作的这种混乱表达来自其对客观世界认知的模糊性，而艺术家的这种创作行为则是有意而为之。让－米歇尔·巴斯奎特（Jean-Michel Basquiat）似乎在这种“无意识”领域表达得更彻底。他使创作方法以及题材回归到最原始的状态，不了解创作背景的观者很容易将他的作品理解为一幅儿童绘画作品。巴斯奎特的涂鸦作品经常把各种符号、文字放到画面上，看起来像即兴创作的作品，但是作为生活在白人世界的黑人艺术家，这些涂鸦绘画和文字的背后是他的冷静思考，画面中隐隐的神秘性好像在传达一种宗教感和无处不在的政治压力，但同时也缺少直接指向性，观众可以感受到他在生活中的矛盾心理。观者可以自由想象作品里的故事，也并不需要特别强调作者的背景以及创作途径。他的作品更多的是一种个人情绪或是内心世界的表达，这与孩子的观察以及创作动机不无相似之处。

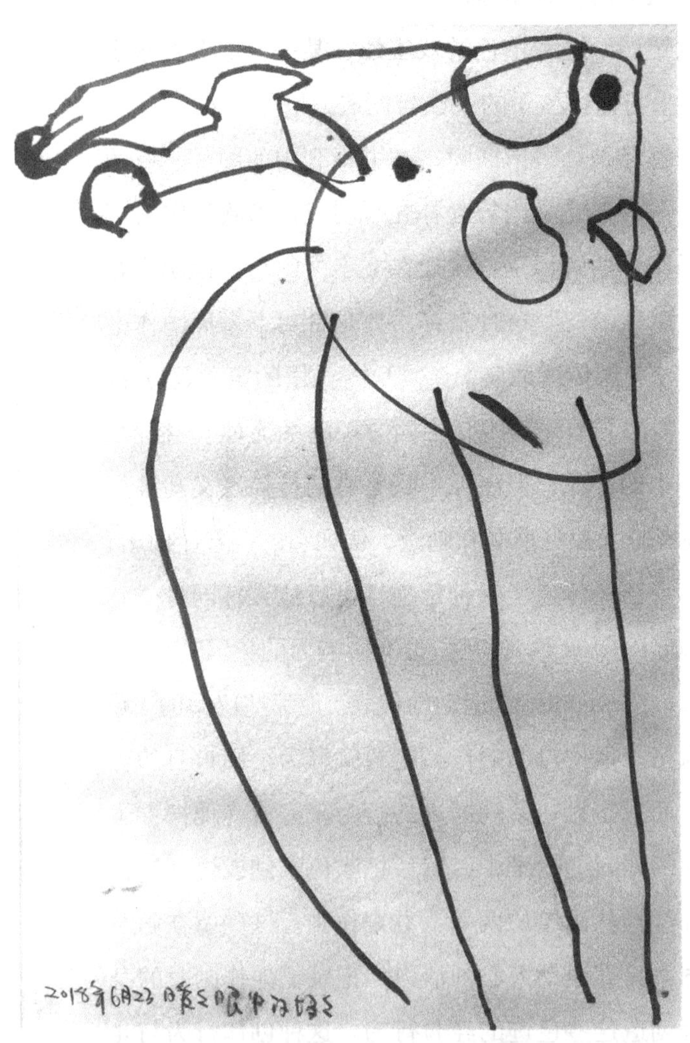

图6–22　《暖暖眼中的妈妈》，赵紫乔，2018（3岁半时作品）

图6–23　《暖暖和妈妈》，赵紫乔，2020（5岁半时作品）

加拿大的麦克卢汉教授在他 1964 年的著作《理解媒介——论人的延伸》中曾经说过："识字和阅读能赋予人们一种力量，让我们在面对图像时能稍微集中注意力，这样我们就能一眼看出图像的整体；不识字的人没有养成这种习惯，不会用这种方式去看东西。他们看物体或图像，就像我们看印刷的书页一样，一部分一部分看下去。这样他们就无法拉开距离看到整体。"我们可以在给孩子讲绘本时发现相同的特点：孩子的注意力经常性脱离你所讲的内容，他们时常聚焦于画面中的某一个事物，他们不具备成年人看图的整体意识。著名的约翰斯·霍普金斯大学研究大脑和心灵的研究人员，使用了来自认知科学的实验方法来检验一个长期存在的哲学基本问题——人们可以客观地看到世界吗？他们的答案是：不能。研究发现：人们几乎不可能将物体的真实状态与他们对于该物体的固有看法分开。霍普金斯知觉与思维实验室主任、心理与脑科学教授查兹·费尔斯通（Chaz Firestone）说："这个关于一个人的观点对感知的影响问题，是哲学家们已经讨论了好几个世纪的问题。"研究员豪尔赫·莫拉莱斯（Jorge Morales）总结说："客观性与认知印证在一起，我们对世界的主观认知与我们同在。即使我们试图以真实的方式感知世界，我们也无法完全放弃我们的固有观点。"美国心理学家乌尔里克·奈塞尔在他 1967 年的著作《认知心理学》中提道："不仅是阅读，连倾听、感受和观看都是随着时间而发生的技巧性活动。所有这些都依赖于现实存在的结构，也就是图式。图式会主导知觉活动，同时也在知觉活动中得到修正。"所以，在我们判断眼前的事物时，我们大脑中对于事物的概念会首先主导我们的感官系统，最终以某一种形式的语言表达出来。所以，感知作为人体认知和表达的一部分，依赖我们以往的经验。那么这些经验，包括视觉经验、文字经验、阅读经验、空间以及时间的感知经验等，都在儿童绘本的世界中潜移默化地沁入儿童的经验感知中，形成他们进一步去理解和解释的经验。儿童会在日后的阅读中去印证这种经验，根据印证的结果而不断修正和解释这种经验。玛丽亚·尼古拉耶娃总结过解释学循环的模型（图 6–24），即从整体到细节的获取意义的循环，那么我们在阅读中的经验验证与感知获取过程则可以形成"感知—验证—经验"的循环（图 6–25）。

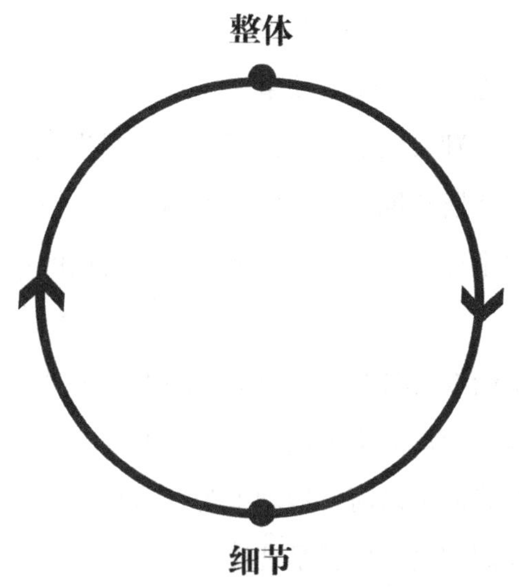

图6-24 解释学整体与细节的循环（吴翊楠绘）

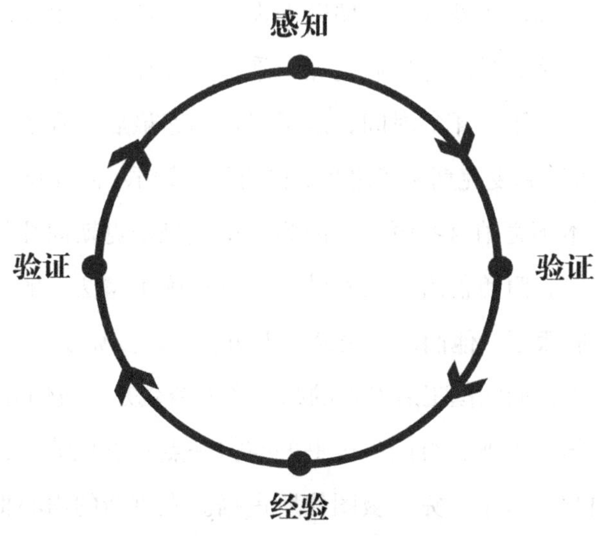

图6-25 感知经验验证循环（吴翊楠绘）

美国绘本大师莫里斯·桑达克（Maurice B. Sendak）1963 年的作品《野兽国》，获得了美国《纽约时报》的最佳绘本奖，1964 年获得了“绘本界的奥斯卡奖”凯迪克大奖金奖。故事讲述了一个叫麦克斯的男孩在家里撒野，闹来闹去折腾得翻天覆地没完没了。妈妈很生气，对着麦克斯说“你这个野兽”，但麦克斯却说，“我要吃了你”。妈妈为了惩罚麦克斯，就没给他晚饭吃并要求他去睡觉。当天晚上，麦克斯的房间里就长出了一大片森林。

当我们看这本绘本的时候，可以清楚地看到一开始图像占整个绘本面积很小的一块。除了简短的文字以外，很大的部分都是留白。那么作者为什么这么安排呢？我们可以简单地理解为，这小小的画面就是麦克斯的内心世界，而那些大面积的空白就是现实。所以在真实世界里，麦克斯的世界只是小小的一部分。但是随着故事的发展，继续向后面翻页，你会发现，图像画面一点一点在变大，留白的区域慢慢在缩小。图像越来越大了，麦克斯的世界也在慢慢增长。随着麦克斯自我世界的扩张，绿树成荫的世界居然延伸到了房间的天花板上，墙壁上也长满了花草，麦克斯也变得越来越开心了，变得手舞足蹈。然后麦克斯乘坐“麦克斯”号扬帆远行，过了一天又一夜，经过了一年的时间，走了很远的路最后来到了野兽出没的孤岛。当这些野兽看到麦克斯来了之后，它们张牙舞爪，向麦克斯怒吼。但是，麦克斯似乎根本不害怕这些野兽，因为这里正是麦克斯向往的世界。他对野兽们说“定”，野兽们就一动不动了，像被施了魔法一般。很快，野兽们就被麦克斯制服了，他们认为麦克斯太厉害了。麦克斯变成了野兽之王。当麦克斯成了野兽们的国王后发布的第一道号令就是“我们开始折腾吧”。他们就开始上树，跳舞，打闹……书的空白一点一点地消失，连续三页画面上一点留白都没有了，完全被图像所占据。麦克斯的内心世界得到了完全释放，他充分地享受着被快乐填得满满的自我世界。但是，突然间麦克斯朝野兽们喊“停！赶紧去睡觉”。麦克斯也没允许野兽们吃饭。孤独的麦克斯一个人坐在那里，手托着下巴。渐渐地食物的香气围绕着他，他饿极了。这种食物的味道正是平日里妈妈给他做的饭菜的香味，麦克斯想家了。他决定离开这个小岛，但是这个时候野兽朝他吼道“不要走，我们要吃了你”，“因为我们太爱你了”。但麦克斯却说“不”。他希望回到妈妈的身边，回到自己的家里。整个故事开始是从左向右的一个发展脉络，而结束是相反的从右往左的方向。麦克斯又回到了家里，发现了妈妈早就准备好了的饭菜。这个时候我们能看到图像又回到了当初他要出发时候的大小，大面积仍然是空白的。但不同的是，这个时候麦克斯的表情却是开心又惬意的，完全没有当初的愤怒。绘本的最后一页，已经完全没有了画面，两个对开页上面都是空白，只有几个小小的文字“饭，还热着呢”。这个时候，麦克斯自己那个小小的世界已经完全跟这个现实世界融合了，他再也没有那么愤怒和着急了，而是很惬意地投入到一顿美餐当中。

《野兽国》是比较早的讲儿童负面情绪的绘本，在当时来看是非常有挑战的。因为通常家长都会认为孩子不应该都是天使吗，不应该总是快乐着的吗，他们怎么也会有负面情绪呢？但事实是，孩子的负面情绪就像他们的快乐一样是一直存在且不停壮大和成长着的。这种负面情绪也会随着年龄的增长自我发生和自我消解。这个时候，大人们需要做的不是去克制或纠正孩子们的这种负面情绪，而应该去耐心陪伴和等待，正视这种孩子身上的天性。作者莫里斯·桑达克出生在纽约布鲁克林区的一个犹太裔家庭，从小很少与人接触。他更多的时间是在自己家的窗台前看着楼下嬉戏打闹的小朋友们。所以莫里斯·桑达克早期的绘画作品都是“俯视”角度的，那也是他童年记忆中印象最深的视角。这种孤独的童年经验也一直影响着莫里斯·桑达克的作品内容。他一直都是在自我的世界里建立另一个丰饶的世界。所以，绘本的阅读同时也能帮助每一个大人去了解自己身上的儿童性。

1977 年日本作家佐野洋子的作品《活了一百万次的猫》是另一部影响世界的绘本。绘本的主角是一只虎斑猫，这只猫可是了不得，它有一百万条命。这个绘本采用左侧文字右侧页对应全图的方式，一幅图说明了一个内容，作者把猫放在了不同的场景里面，猫的每一次生命都有一个不同的主人。第一次，它是国王的猫，国王太爱它了，连打仗都带着它，但是猫却一点也不喜欢爱打仗的国王。在一次战争中，猫被射死了，国王痛苦万分，连仗都不打了，回国厚葬了它。之后它变成了一只水手的猫，水手也非常喜欢这只猫，带它周游全世界，但是这只猫却不大喜欢水手。有一天，一次意外，猫掉进水里淹死了。水手很伤心，把它带到一座海港埋在了树下。后来猫成了马戏团魔术师的猫、小偷的猫、一个孤独的老奶奶的猫和一个年轻女孩的猫，他们也都非常宠爱它，但是不幸的是猫也免不了面对一次次的死亡，但是猫根本已经不在乎死不死了，猫再也不愿意做别人的猫，它更想成为它自己。所以它从一只虎斑宠物猫变成了一只无忧无虑的野猫。从那以后，各种猫似乎都喜欢上了它，向它献殷勤，但它却根本不在乎这一切，因为相比爱别人，它更爱的是自己。它满不在乎地对其他猫说“我可是死过一百万次的，我不会理睬你们这一套”。但当它遇到一只浑身洁白的母猫时，一切都改变了。有一天虎斑猫问白猫，我可以在你的身边吗，白猫答了一句“好吧”。从此它们再也没分开过。它们生了很多小猫，虎斑猫终于爱它们胜过了爱自己。小猫们慢慢长大离开了它们的父母。白猫也一天天老去，直到有一天白猫也死去了。虎斑猫第一次嚎啕大哭起来，从早上一直到傍晚，哭了足足有一百万次。终于有一天哭声停止，虎斑猫也一动不动地躺在了白猫身边死去了。它再也没有活过来。

很显然，这不是一本专门写给孩子的绘本。有人问佐野洋子，您喜欢孩子？她说“不”。“哦，那您一定喜欢猫了？”“我也不喜欢猫。”那她到底画的是什么呢？作者实际上画的是一种内心感受，是对生命的感悟。生命可以很长，长到一百万次，生命也可以很短，短到只在那么美好的一瞬间，短到一次还没有活完。但长又怎么样，短又怎么样，这些都不重要。在这些或长或短的生命里，最重要的是一定要爱一次。生命里最深的向往到底是什么？曹雪芹在《红楼梦》里最终阐述了所有爱恨生死都只是暂时的，化灰、化烟才是永恒的结局。宋徽宗也道："不忍抬头，羞见旧时月。"爱会改变一切，像这只猫，一辈子的无动于衷最终因为爱哭了一次，哭完之后生命也就终结了。这个"完"不是"完结"的"完"而是"完满"的"完"。每一个读者都能从一本好的绘本里面找到属于自己的那一部分世界，可以感受到那种亲近和共鸣。

孩子始终喜欢有趣味性的绘本，但想创作一本有趣的绘本却并不容易。因为绘本都是大人创作的，大人已经不好玩了。《和甘伯伯去游河》是英国的约翰・伯宁翰（John Burningham）在 1970 年创作的作品。甘伯伯是住在英国乡间的一位绅士，他的门前有一条小河。甘伯伯有一艘船，他准备去乘船游河。他遇到了很多孩子，他们想与甘伯伯一起去游船，甘伯伯同意了，但是告诉他们不要吵闹。之后他们遇见了兔子，也要一同前往，甘伯伯也同意了，之后遇见了猫、狗、猪、鸡、绵羊、牛，甘伯伯分别都同意了他们的请求。大家都在一艘船上，刚开始大家都很安静，但是后来，孩子开始吵闹，猫开始捉兔子，狗开始捉猫，羊也开始咩咩叫，牛也不消停。最终，船翻了。甘伯伯也许早就知道这个结果，于是他们带着湿漉漉的衣服，回到了甘伯伯家，因为甘伯伯没有责怪他们而是请他们去家里喝茶。他们在一起很开心，度过了一个愉快的下午，甘伯伯后来划着船走了，对他们说"再见，下次一起游河啊"。这是一个要遵守纪律的故事吗？约翰・伯宁翰年轻时是个嬉皮士，他如何创作一个讲纪律的故事呢？在作者的眼中，这一切的规则都是成年人的诉求，真实的世界是：鸡就是要飞，狗就是要叫，孩子就是要大吵大闹，这是儿童的天性，也是所有动物的特征。所以，当大人的诉求与孩子的天性产生冲突的时候，甘伯伯的做法是"到我们家喝茶去"。所以，这里就讲了一个浅显的道理——包容。纵观西方绘本的发展史，就是建立现代儿童观的过程。一个孩子的成长与绘本里主人公的命运相同，这种命运不是旗帜鲜明地去斗争，而是逐渐在成长过程中去发现自己身上的特质。

参考文献

一、论文集、会议录

［1］中国艺术研究院美术研究所.2017中国传统色彩学术年会论文集[C].北京：文化艺术出版社，2017.

［2］吴翊楠，赵袁冰.移动互联网背景下的沈阳地域性旅游文化品牌开发[C]//沈阳市科学技术协会.第十四届沈阳科学学术年会论文集（经管社科），2017：505-508.

［3］中国艺术研究院美术研究所.2018中国传统色彩学术年会论文集[C].北京：文化艺术出版社，2018.

［4］Lyons J. Artists' books: A critical anthology and sourcebook[C]. Visual Studies Workshop Press, 1985.

［5］Mitchell W. J. T. What is visual culture[C]. Meaning in the visual arts: Views from the outside, 1995.

二、报告

［1］Cynthia A. C. C. Q. R., Chiong J. R., Takeuchi L., et al. Print Books vs. E-books[R]. 2012.

三、学位论文

［1］Catalano D. The roles of the visual in picturebooks: beyond the conventions of current discourse[D]. Columbus: The Ohio State University, 2005.

［2］Little L. A practice-based exploration of the relationship between artists' books and children' s picturebooks[D]. Cambs : Anglia Ruskin University, 2015.

［3］Tzomaka V. A practice based investigation using design and illustration to explore the role of narrative in nonfiction picturebooks[D]. Cambs : Anglia Ruskin University, 2017.

四、普通图书

［1］欧文·潘诺夫斯基.图像学研究：文艺复兴时期艺术的人文主题[M].戚印平，范景中，译.上海：上海三联书店，2011.

［2］E.潘诺夫斯基.视觉艺术的含义[M].傅志强，译.沈阳：辽宁人民出版社，1987.

［3］段炼.视觉文化：从艺术史到当代艺术的符号学研究[M].南京：江苏凤凰美术出版社，2018.

［4］段炼.视觉文化与视觉艺术符号学：艺术史研究的新视角[M].成都：四川大学出版社，2015.

［5］吕敬人.书艺问道：吕敬人书籍设计说[M].上海：上海人民美

术出版社，2017.

［6］杨永德，杨宁.中国古代书籍装帧[M].北京：人民美术出版社，2008.

［7］杉浦康平.亚洲的书籍、文字与设计：杉浦康平与亚洲同人的对话[M].杨晶，李建华，译.北京：生活·读书·新知三联书店，2016.

［8］徐雁，黄镇伟，张芳.中国古代物质文化史：书籍[M].北京：开明出版社，2018.

［9］沃尔夫冈·伊瑟尔.阅读活动：审美反应理论[M].金元浦，周宁，译.北京：中国社会科学出版社，1991.

［10］玛丽亚·尼古拉杰娃，卡罗尔·斯科特.绘本的力量[M].李继亚，译.上海：华东师范大学出版社，2019.

［11］佩里·诺德曼.说说图画：儿童绘本的叙事艺术[M].陈中美，译.贵阳：贵州人民出版社，2018.

［12］彼得·亨特.批评、理论与儿童文学[M].韩雨苇，译.上海：华东师范大学出版社，2019.

［13］蒋勋.蒋勋说红楼梦[M].北京：中信出版社，2017.

［14］许宏.何以中国：公元前2000年的中原图景[M].北京：生活·读书·新知三联书店，2016.

［15］徐小蛮，王福康.中国古代插图史[M].上海：上海古籍出版社，2007.

［16］罗伯特·霍奇，冈瑟·克雷斯.社会符号学[M].周劲松，张碧，译.成都：四川教育出版社，2012.

［17］约翰·盖奇.艺术中的色彩[M].黄谌旸，译.杭州：浙江摄影出

版社，2018.

［18］周有光.世界文字发展史：第三版[M].上海：上海教育出版社，2018.

［19］内奥米 · S.巴伦.读屏时代：数字世界里我们阅读的意义[M].庞洋，周凯，译.北京：电子工业出版社，2016.

［20］尼尔 · 波兹曼.娱乐至死[M].章艳，译.北京：中信出版社，2015.

［21］尼尔 · 波兹曼.童年的消逝[M].吴燕莛，译.北京：中信出版社，2015.

［22］柯律格.中国艺术[M].刘颖，译.上海：上海人民出版社，2013.

［23］杜朴，文以诚.中国艺术与文化[M].张欣，译.长沙：湖南美术出版社，2019.

［24］苏菲 · 范德林登.一本书读透图画书[M].陈维，袁阳，译.北京：世界图书出版公司，2018.

［25］Alaca I. V. Materiality in picturebooks[M]//The Routledge companion to picturebooks. Routledge, 2017: 59–68.

［26］Allan C. Playing with picturebooks: postmodernism and the postmodernesque[M]. London: Palgrave Macmillan, 2012.

［27］Arizpe E., Styles M. Children reading pictures: interpreting visual texts[M]. London: Routledge, 2004.

［28］Arizpe E., Styles M., Cowan K., et al. The voices behind the pictures: children responding to postmodern picturebooks[M]. London: Routledge, 2008.

[29] Arnheim R. Art and visual perception: psychology of the creative eye[M]. California: University of California Press, 1965.

[30] Bader B. American picturebooks: from Noah' s ark to the beast within[M]. New York: Macmillan Pub Co, 1976.

[31] Bateman J. Text and image: a critical introduction to the visual/ verbal divide[M]. London: Routledge, 2014.

[32] Beckett S. L. Crossover picturebooks: a genre for all ages[M]. London: Routledge, 2013.

[33] Transcending boundaries: writing for a dual audience of children and adults[M]. London: Routledge, 2013.

[34] Butler C. Postmodernism: A very short introduction[M]. Oxford: Oxford University Press, 2002.

[35] Chatman S. B. Story and discourse: narrative structure in fiction and film[M]. Ithaca: Cornell University Press, 1980.

[36] Christensen N. Picturebooks and representations of childhood[M]// Routledge Companion To Picturebooks. London: Routledge, 2018: 360–370.

[37] Doonan J. Looking at pictures in picture books[M]. Stvoud: Thimble Press, 1993.

[38] Drucker J. Artists' books and picturebooks: generative dialogues[M]//The Routledge Companion to Picturebooks. London: Routledge, 2017: 291–301.

[39] Drucker J. The century of artists' books[M]. New York: Granary Books, 2004.

[40] Children' s Literature and the Avant-garde[M]. Amsterdam: John Benjamins Publishing Company, 2015.

[41] Dryden G., Vos J. The learning revolution[M]. California: Monterey Institute of International Studies, 1997.

[42] Eagleton T. The illusions of postmodernism[M]. Hoboken: John Wiley & Sons, 2013.

[43] ELKINS, J. Visual literacy[M]. London: Routledge, 2009.

[44] Evans D. Emotion: a very short introduction[M]. Oxford: Oxford University Press, 2003.

[45] EVANS, J. Challenging and controversial picturebooks: creative and critical responses to visual texts[M]. London: Routledge, 2015.

[46] What' s in the picture?: responding to illustrations in picture books[M]. London: Sage, 1998.

[47] Feaver W. When we were young: two centuries of children' s book illustration[M]. London: Thames and Hudson, 1977.

[48] Flieger J. A. The purloined punch line: Freud' s comic theory and the postmodern text[M]. Baltimore: Johns Hopkins University Press, 1991.

[49] Golden J. M. The narrative symbol in childhood literature: explorations in the construction of text[M]. Walter de Gruyter, 2013.

[50] Heywood Ian, Barry Sandywell. The handbook of visual culture[M]. London: Bloomsbury Publishing, 2017.

[51] Hutcheon L. The Canadian postmodern: a study of contemporary English=Canadian fiction[M]. Oxford: Oxford University Press, 1988.

[52] Hutcheon L. A poetics of postmodernism: history, theory, fiction[M]. London: Routledge, 2003.

[53] Kandinsky W. Concerning the spiritual in art[M]. New York: Dover Publications, 2012.

[54] Kiefer B. Z. The potential of picturebooks: from visual literacy to aesthetic understanding[M]. London: Merrill, 1995.

[55] Kiefer B. What is a picturebook, anyway?: the evolution of form and substance through the postmodern era and beyond[M]//Postmodern Picturebooks. London: Routledge, 2010: 21–33.

[56] Killen, Melanie, and Judith Smetana. Handbook of moral development[M]. London: Psychology Press, 2005.

[57] Kress G. R., Van Leeuwen T. Reading images: the grammar of visual design[M]. London: Psychology Press, 1996.

[58] Kümmerling-Meibauer Bettina.The Routledge companion to picturebooks[M]. London: Routledge, 2017.

[59] Kümmerling-Meibauer Bettina. Emergent literacy: children' s books from 0 to 3[M]. Amsterdam: John Benjamins Publishing, 2011.

[60] Kümmerling-Meibauer B, Meibauer J. Picturebooks and cognitive studies[M]//The Routledge Companion to Picturebooks. London: Routledge, 2017: 391–400.

[61] Lacy L. E. Art and design in children' s picture books: an analysis of Caldecott award-winning illustrations[M]. Chicago: American Library Association, 1986.

[62] Lakoff G., Johnson M. Metaphors we live by[M]. Chicago: University of Chicago press, 2008.

[63] Lambert M. D. Picturebooks and page layout[M]//The Routledge Companion to Picturebooks. London: Routledge, 2017: 28–37.

[64] The Sage handbook of early childhood literacy[M]. London: Sage, 2012.

[65] Lewis D. Reading contemporary picturebooks: picturing text[M]. London: Psychology Press, 2001.

[66] Lyon D. Postmodernity[M]. Minnesota: University of Minnesota Press, 1999.

[67] Lyotard J. F. The postmodern condition: a report on knowledge [M]. Minnesota: University of Minnesota Press, 1984.

[68] Mitchell W. J. T. Iconology: image, text, ideology[M]. Chicago: University of Chicago Press, 2013.

[69] Nikolajeva M. Reading for learning: cognitive approaches to children' s literature[M]. Amsterdam: John Benjamins Publishing Company, 2014.

[70] Nodelman P. The hidden adult: Defining children' s literature[M]. Baltimore: JHU Press, 2008.

[71] O' grady W. How children learn language[M]. Cambridge: Cambridge University Press, 2005.

[72] Nodelman P., Reimer M. The pleasures of children' s literature[M]. New York: Longman, 1996.

[73] Radcliffe-Brown A. R. The andaman islanders[M]. Cambridge: Cambridge University Press, 2013.

[74] Sipe L., McGuire C. Shattering the looking glass: Challenge, risk and controversy in children's literature[M]. Lanham: Rowman &Littlefield, 2008: 273–288.

[75] Schwarcz J. H. Ways of the illustrator: visual communication in children' s literature[M]. Chicago: American Library Association, 1982.

[76] Schwarcz J. H, Schwarcz C. The picture book comes of age: looking at childhood through the art of illustration[M]. Chicago: American Library Association, 1991.

[77] Staples A. M. Pop-up and movable books[M]//The Routledge Companion to Picturebooks. London: Routledge, 2017: 180–190.

[78] Olson M. S. Children' s culture and the avant-garde: painting in Paris, 1890-1915[M]. London: Routledge, 2012.

[79] Tylor E. B. Primitive culture: researches into the development of mythology, philosophy, religion, art and custom[M]. London: John Murray, 1871.

[80] Vygotsky L. S. Mind in society: the development of higher psychological processes[M]. Cambridge: Harvard University Press, 1980.

[81] Walker J. A., Chaplin S. Visual culture: an introduction[M]. Manchester : Manchester University Press, 1997.

[82] Weinreich T. Children' s literature: art or pedagogy?[M]. Roskilde: Roskilde University Press, 2000.

[83] Weld S. P., Morson G. S. Voiceless vanguard: the infantilist aesthetic

of the Russian avant-garde[M]. Evanston: Northwestern University Press, 2014.

［84］Whalley J. I., Chester T. A History of children' s book illustration [M]. London: John Murray with the Victoria and Albert Museum, 1988.

［85］Wolf M, Stoodley C. J. Proust and the squid: the story and science of the reading brain[M]. New York: Harper Perennial, 2008.

五、期刊中析出的文献

［1］易英.照片、图像及其他[J].美术，2020（6）：6–10.

［2］范景中.《图像学研究》中译本序[J].新美术，2007（4）：4–12.

［3］吴翊楠.针对3—5岁儿童绘本的视觉文化本源性探究[J].艺术工作，2020（1）：95–98.

［4］托马斯·克劳，易英.视觉艺术中的现代主义与大众文化（上）[J].世界美术，2001（1）：70–75.

［5］Adams F. M., Osgood C. E. A cross-cultural study of the affective meanings of color[J]. Journal of Cross-cultural Psychology, 1973, 4(2): 135–156.

［6］Barthes R., Duisit L. An introduction to the structural analysis of narrative[J]. New Literary History, 1975, 6(2): 237–272.

［7］Bornstein M. H. Qualities of color vision in infancy[J]. Journal of Experimental Child Psychology, 1975, 19(3): 401–419.

［8］Bornstein M. H. On the development of color naming in young children: data and theory[J]. Brain and Language, 1985, 26(1): 72–93.

［9］Boyatzis C. J., Varghese R. Children' s emotional associations with colors[J]. The Journal of Genetic Psychology, 1994, 155(1): 77–85.

[10] Hoff-Ginsberg E. Mother-child conversation in different social classes and communicative settings[J]. Child Development, 1991, 62(4): 782–796.

[11] Evans M. A., Williamson K, Pursoo T. Preschoolers' attention to print during shared book reading[J]. Scientific Studies of Reading, 2008, 12(1): 106–129.

[12] Flieger J. A. Postmodern perspective: the paranoid eye[J]. New Literary History, 1997, 28(1): 87–109.

[13] Ganea P. A., Pickard M. B., DeLoache J. S. Transfer between picture books and the real world by very young children[J]. Journal of Cognition and Development, 2008, 9(1): 46–66.

[14] Goldstone B. P., Labbo L. D. The postmodern picture book: a new subgenre[J]. Language Arts, 2004, 81(3): 196.

[15] Halamish V., Nachman H., Katzir T. The effect of font size on children' s memory and metamemory[J]. Frontiers in Psychology, 2018, 9: 1577.

[16] Jameson K. A., Webster M. A. Color and culture: innovations and insights since basic color terms—their universality and evolution (1969)[J]. Color Research & Application, 2019, 44(6): 1034–1041.

[17] Johnson N. S., Mandler J. M. A tale of two structures: underlying and surface forms in stories[J]. Poetics, 1980, 9(1–3): 51–86.

[18] Julier G. From visual culture to design culture[J]. Design Issues,

2006, 22(1): 64–76.

[19] Justice L. M., Pullen P. C., Pence K. Influence of verbal and nonverbal references to print on preschoolers' visual attention to print during storybook reading[J]. Developmental Psychology, 2008, 44(3): 855.

[20] Kummerling-Meibauer B., Meibauer J. First pictures, early concepts: early concept books[J]. The Lion and the Unicorn, 2005, 29(3): 324–347.

[21] Marcus L. S. Give ‘em helvetica: picture-book type[J]. The Horn Book Magazine, 2012: 40–45.

[22] Masulli F, Galluccio M., Gerard C L, et al. Effect of different font sizes and of spaces between words on eye movement performance: an eye tracker study in dyslexic and non-dyslexic children[J]. Vision Research, 2018, 153: 24–29.

[23] Anstey M. " It' s not all black and white": postmodern picture books and new literacies[J]. Journal of Adolescent & Adult Literacy, 2002, 45(6): 444–457.

[24] Miller J. H. Art books' future now: art & photography books 2013[J]. Publisher' s Weekly, 2013.

[25] Moebius W. Introduction to picturebook codes[J]. Word & Image, 1986, 2(2): 141–158.

[26] Nikolajeva M. Verbal and visual literacy: the role of picturebooks in the reading experience of young children[J]. Handbook of Early Childhood Literacy, 2003: 235–248.

[27] Nikolajeva M. Reading other people' s minds through word and image[J]. Children' s Literature in Education, 2012, 43(3): 273–291.

[28] Nikolajeva M. Exit children' s literature?[J]. The Lion and the unicorn, 1998, 22(2): 221–236.

[29] Ninio A., Bruner J. The achievement and antecedents of labelling[J]. Journal of Child Language, 1978, 5(1): 1–15.

[30] Ohgi S., Loo K. K., Mizuike C. Frontal brain activation in young children during picture book reading with their mothers[J]. Acta Paediatrica, 2010, 99(2): 225–229.

[31] Özdemir A. A., Hidir F, Beceren B. Ö. Examining the use of picture books in preschool education institutions[J]. Dil ve Dilbilimi Çalışmaları Dergisi, 2019, 15(2): 535–559.

[32] Painter C., Martin J., Unsworth L. Reading visual narratives: image analysis of children' s picture books[J]. 2013.

[33] Reese E., Cox A. Quality of adult book reading affects children' s emergent literacy[J]. Developmental Psychology, 1999, 35(1): 20.

[34] Ricoeur P. Metaphor and the main problem of hermeneutics[J]. New Literary History, 1974, 6(1): 95–110.

[35] Roxburgh S. A picture equals how many words?: Narrative theory and picture books for children[J]. The Lion and the Unicorn, 1983, 7: 20–33.

[36] Roy-Charland A., Saint-Aubin J., Evans M. A. Eye movements in shared book reading with children from kindergarten to grade 4[J]. Reading and Writing, 2007, 20(9): 909–931.

［37］Serafini F., Clausen J. Typography as semiotic resource[J]. Journal of Visual Literacy, 2012, 31(2): 1–16.

［38］Smith K. A. Structure of the visual book[J]. Rochester: K. Smith Books, 2003.

［39］Snow C. Literacy and language: relationships during the preschool years[J]. Harvard Educational Review, 1983, 53(2): 165–189.

［40］Snow C. E. Mothers' speech to children learning language[J]. Child Development, 1972: 549–565.

［41］Valdez P., Mehrabian A. Effects of color on emotions[J]. Journal of Experimental Psychology: General, 1994, 123(4): 394.

［42］Wasik B. A., Bond M. A. Beyond the pages of a book: interactive book reading and language development in preschool classrooms[J]. Journal of Educational Psychology, 2001, 93(2): 243.

［43］Watson K. The postmodern picture book in the secondary classroom[J]. English in Australia, 2004: 55–57.

［44］Werner H. Comparative psychology of mental development[J]. 1948.

［45］Whitehurst G. J., Falco F. L., Lonigan C. J., et al. Accelerating language development through picture book reading[J]. Developmental Psychology, 1988, 24(4): 552.

［46］Williams J. E., Boswell D. A., Best D L. Evaluative responses of preschool children to the colors white and black[J]. Child Development, 1975: 501–508.

[47] Zentner M. R. Preferences for colours and colour emotion combinations in early childhood[J]. Developmental Science, 2001, 4(4): 389–398.

六、报纸中析出的文献

[1] Williams C., Stone P. Readers "flock to beautiful books" [N/OL]. The book seller, 2013–02–01.https://www.thebookseller.com/news/readers-flock-beautiful-books.

七、电子资源

[1] Katie B. Five questions for Barbara McClintock[EB/OL]. (2016–01–12). https://www.hbook.com/?detailStory=five-questions-for-barbara-mcclintock.

[2] VICTORIA AND ALBERT MUSEUM.Artists' Books[EB/OL]. (2011–08–12). http://www.vam.ac.uk/content/articles/a/books-artists/.

插图精选展示

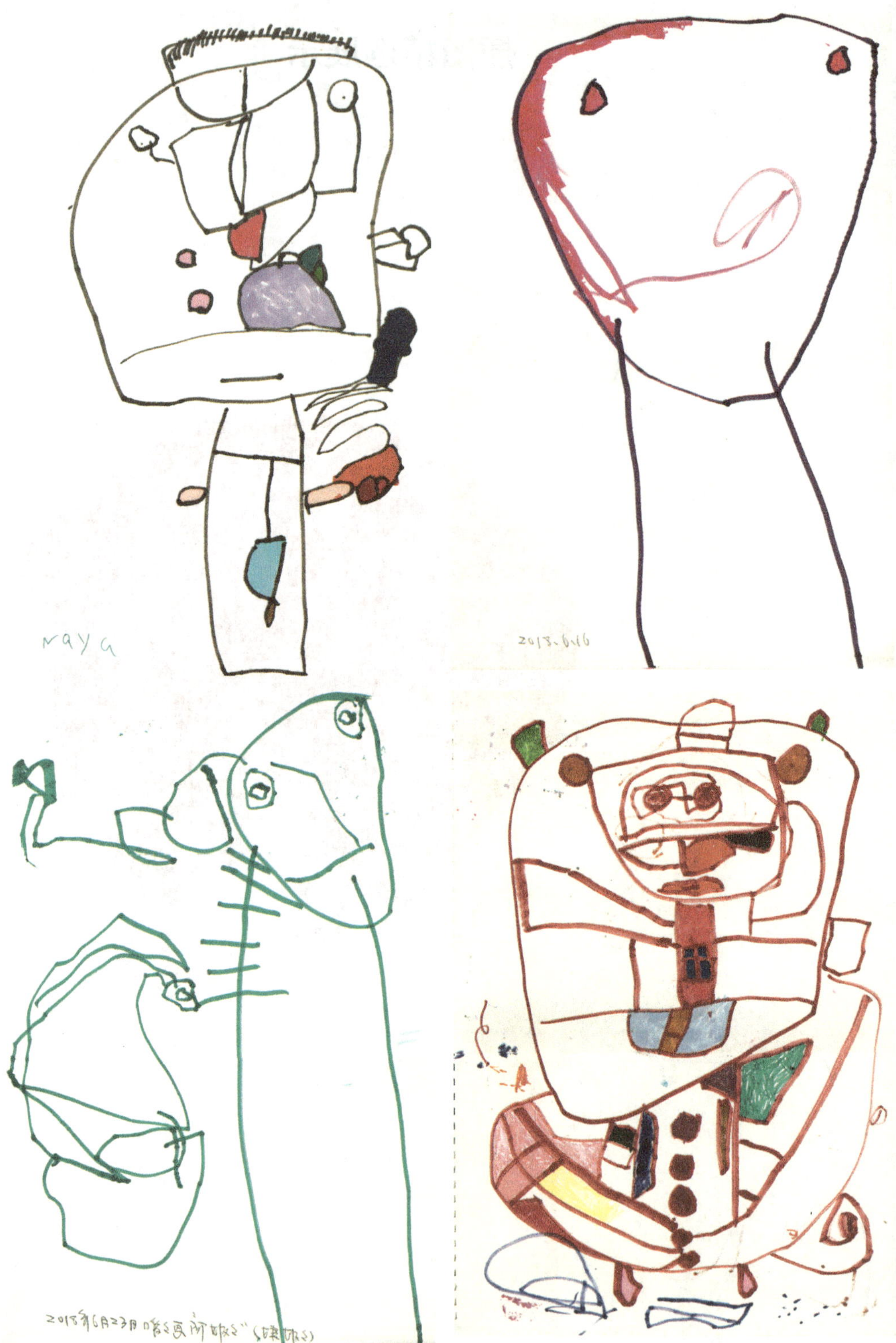

2019-2-28

中国戏曲地图
中国戏曲种类繁多，各民族、
各地方大大小小的剧种不下百种，
其中，影响力最大的剧种当数京剧了。

幕启好戏要开场
京剧的表演场所有广场、庙会等露天场地，
有厅堂、剧院等封闭空间，不过，最有特色的还是戏楼。
观众可以从正面和两个侧面三个方向观赏演出，
演员也会在演出中不时与观众互动。

华美戏服多讲究

汉朝初年，汉朝和北方匈奴
时常打仗，边疆的百姓苦不堪言。

公元前100年，匈奴且鞮侯单于即位，
他怕汉朝乘他刚当上国王，国事还不稳定，
派兵来攻打，就主动向汉朝示好。
汉武帝被他的诚意所打动，决定派
遣苏武等人出使匈奴，商议长久
的和平大计。

苏武带领汉朝使团一百来人，手持节杖，跋山涉水，风餐露宿，来到匈奴。

单于并没有想象中那么友好，但也不敢为难他们。

可是，就在苏武等人完成使命，准备回国的时候，发生了一件大事。

那一年冬天来临时，北海变成了雪海。苏武和羊群被困在了一个山洞里，没有吃的，也没有喝的，严寒又随时要来扼杀他们。

羊群早已成了苏武同生共死的伙伴，他丝毫没有打它们的主意。渴了，他就嚼冰雪；饿了，他就到雪地里去挖老鼠洞，抓正在冬眠的老鼠吃，又收集老鼠洞里老鼠们为过冬准备的草籽、粮食；有时几天没有收获，他就扯羊身上的羊毛充饥，他也忍痛吃掉那些饿死的羊；夜里，他就睡在羊群中间保暖。

6 OLD MOTHER HUBBARD

Old Mother Hubbard
Went to the Cupboard,
To give the poor Dog a bone.
When she came there,
The Cupboard was bare,
And so the poor Dog had none.

AND HER DOG. 7

She went to the Baker's
To buy him some bread;
When she came back
The Dog was dead!

Drawn & Engd by I.R. & G. Cruikshank

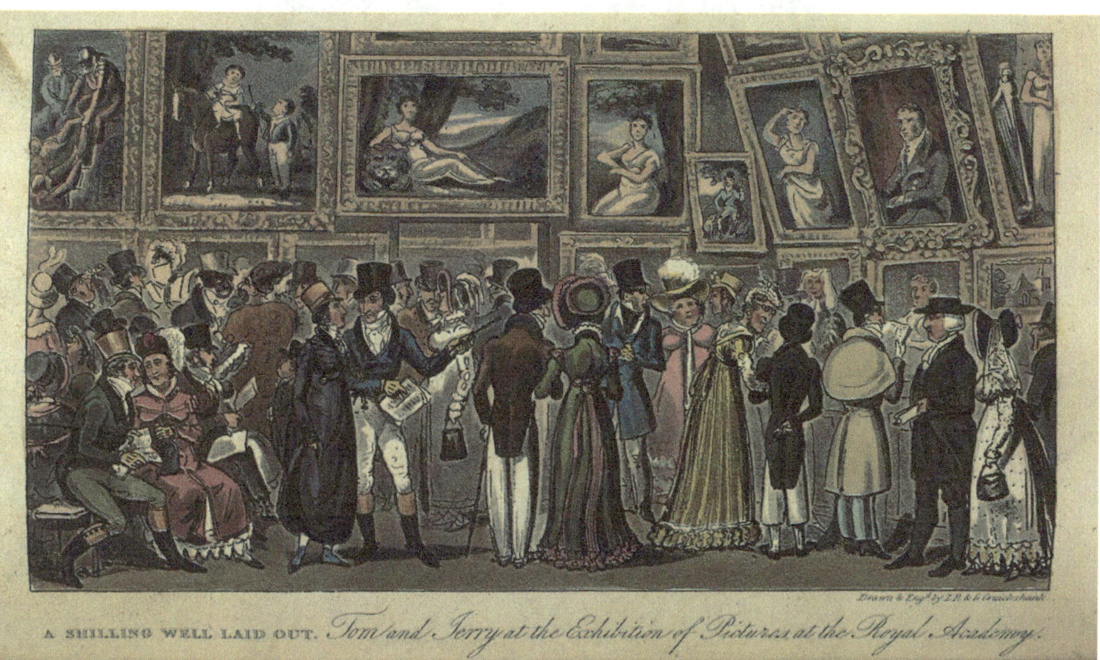

A SHILLING WELL LAID OUT. *Tom and Jerry at the Exhibition of Pictures at the Royal Academy.*

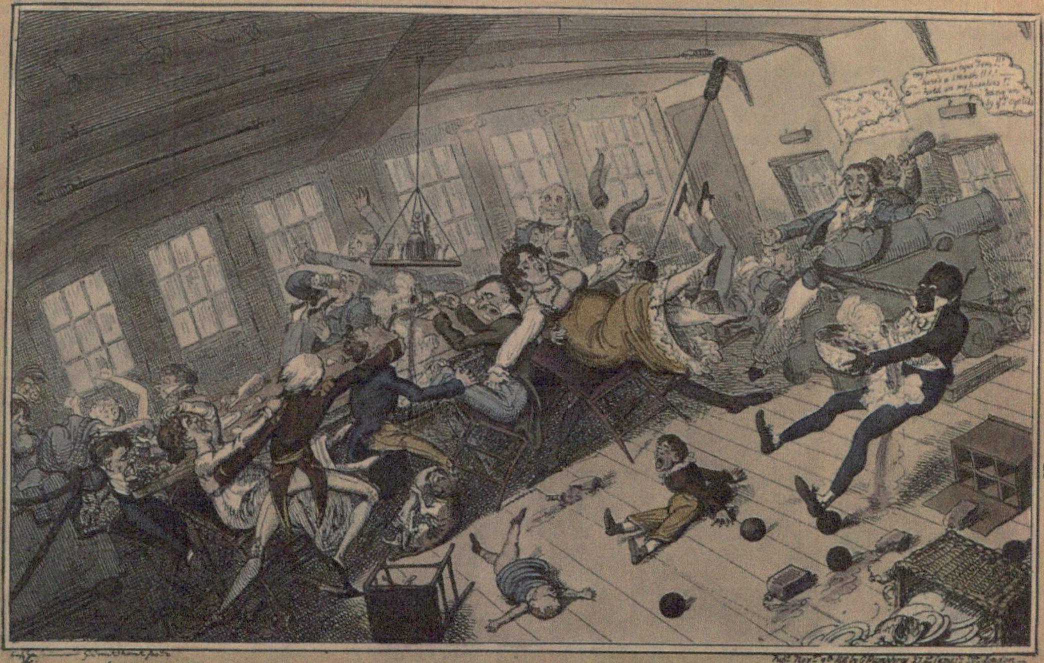

An Interesting scene on board an East-Indiaman, showing the Effects of a heavy Lurch, - after dinner. —

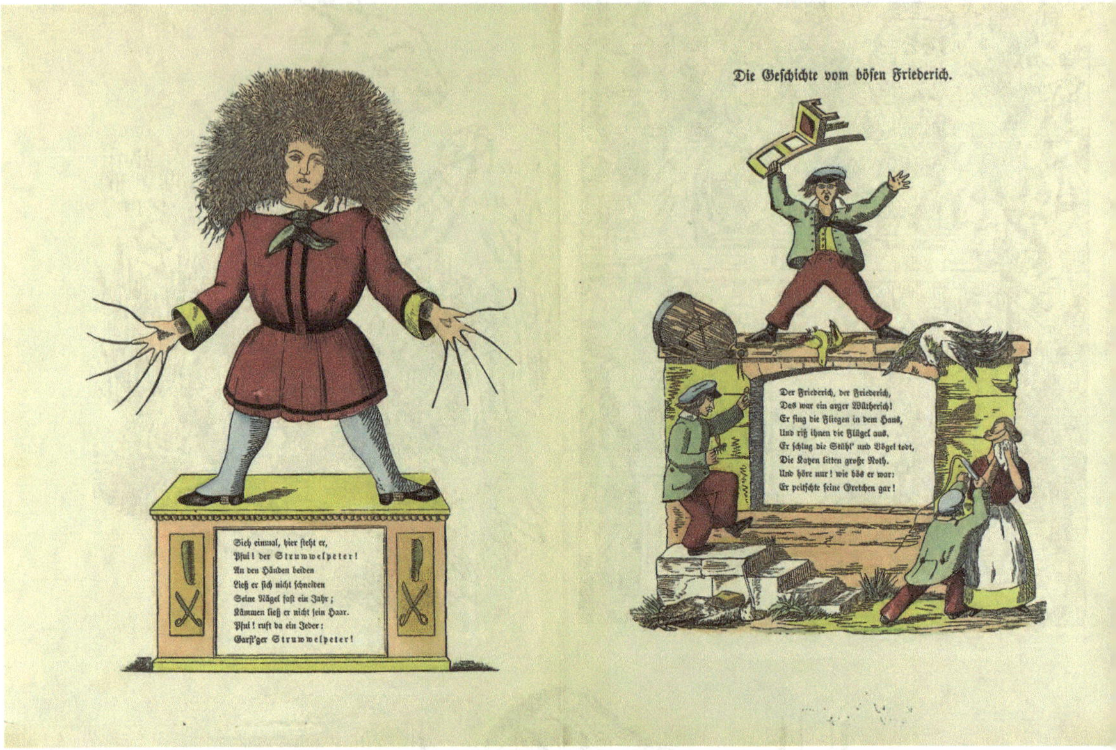

Sieh einmal, hier steht er,
Pfui! der Struwwelpeter!
An den Händen beiden
Ließ er sich nicht schneiden
Seine Nägel fast ein Jahr;
Kämmen ließ er nicht sein Haar.
Pfui! ruft da ein Jeder:
Garst'ger Struwwelpeter!

Die Geschichte vom bösen Friederich.

Der Friederich, der Friederich,
Das war ein arger Wütherich!
Er fing die Fliegen in dem Haus,
Und riß ihnen die Flügel aus,
Er schlug die Stühl' und Vögel todt,
Die Katzen litten große Noth.
Und höre nur! wie bös er war:
Er peitschte seine Gretchen gar!

Guyon encountreth Britomart:
Fayre Florimell is chaced:
Duessaes traines and Malecastaes
Champions are defaced.

THE SLEEPING BEAUTY
"AT LAST HE CAME TO THE TOWER & OPENED THE DOOR OF THE LITTLE ROOM WHERE ROSAMOND LAY."

THE HARE AND THE TORTOISE
TWAS a race between Tortoise and Hare,
Puss was sure she'd so much time to spare,
That she lay down to sleep,
And let old Thick-shell creep
To the winning-post first! You may stare.
PERSISTENCE BEATS IMPULSE
THE HARES AND THE FROGS
TIMID Hares, from the trumpeting wind,
Fled as swift as the fear in their mind;
Till in fright from their fear,
From the green sedges near,
Leaping Frogs left their terror behind.
OUR OWN ARE NOT THE ONLY TROUBLES

The Art of making TARTS
History of JAMS

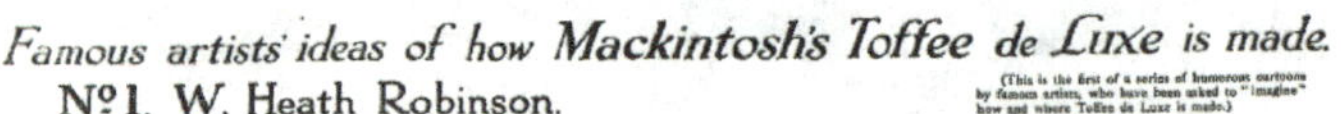

Famous artists' ideas of how Mackintosh's Toffee de Luxe is made.

Nº1. W. Heath Robinson.

(This is the first of a series of humorous cartoons by famous artists, who have been asked to "imagine" how and where Toffee de Luxe is made.)

The wonderful and fantastic inventiveness of W. HEATH ROBINSON gives to his art a distinctive humour that needs no word of embellishment. But delightfully funny as his idea of Mackintosh's Toffee Factory is even to the uninitiated,—its humour is increased a hundredfold to those who know the real thing. We wish that every reader of this paper could visit Toffee Town—then they could contrast Mr. Robinson's quaint conception with the actual.

You would see his "Toffee Shaper" in the form of scores of machines cutting the Toffee into the familiar squares at the rate of thousands of pieces per minute.

You would see the "Cooling Frame"—(not so acrobatic, but more effective!)—as *row on row* of burnished steel slabs, on which lie *acres* of Toffee, cooled from beneath by spring water and from above by cold air.

You would see the "Boiling Department" where the pans each hold *five cwt.* of Toffee.

You would see Chocolate de Luxe travelling on an endless band—a veritable army of "chocolate soldiers," line on line, dozens abreast.

A "Toffee Counter" does not exist, for *7,000,000 pieces are made in Toffee Town in a single day*, and therefore it would take 250 days (counting steadily at the rate of one piece per second for 8 hours per day) to "tot up" *one day's* output. So we just *weigh* the Toffee! And although we have no "smile testing machine" in Toffee Town, we can guarantee that there are miles of smiles packed into every tin.

MACKINTOSH'S TOFFEE DE LUXE

—the Quality Sweetmeat.

Made by JOHN MACKINTOSH & SONS, Ltd., at Toffee Town, HALIFAX—the largest Toffee Manufactory in the World.

Sold by Confectioners in every Town and Village in the Kingdom at 9d. per ¼-lb. Also obtainable in every country in the World.

THE NEW CRATER CRANE ERECTED BY THE VESUVIUS GOLF CLUB FOR THE RECOVERY OF LOST BALLS

THE STORY OF NOAH'S ARK
TOLD AND PICTURED BY E. BOYD SMITH

1
SONGS
Of
INNOCENCE
and Of
EXPERIENCE
Shewing the Two Contrary States
of the Human Soul

2

The Ecchoing Green
The Sun does arise,
And make happy the skies.
The merry bells ring,
To welcome the Spring.
The sky-lark and thrush,
The birds of the bush,
Sing louder around,
To the bells chearful sound.
While our sports shall be seen
On the Ecchoing Green.
Old John with white hair
Does laugh away care,
Sitting under the oak,
Among the old folk.
They

про
2

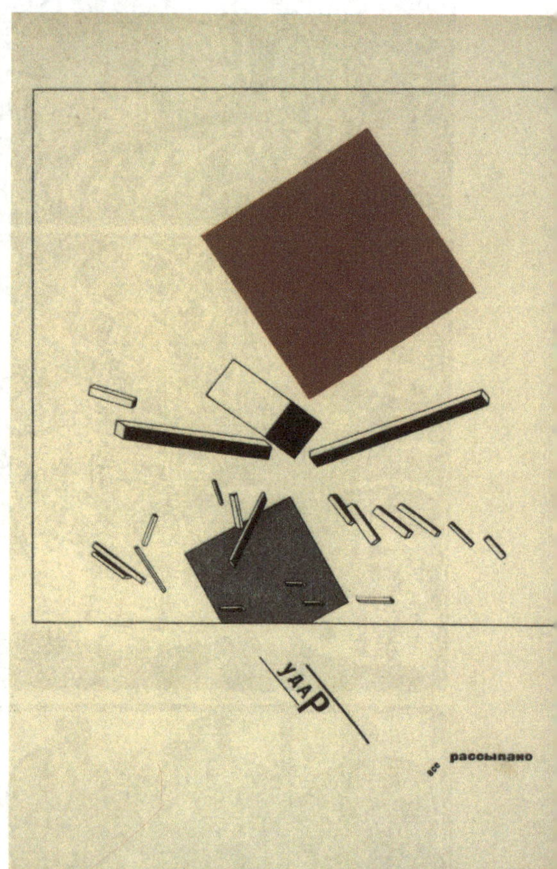
удаР
все рассыпано